그리움이 끝나면 다시 길 떠날 수 있을까

5월시 동인시집 제6집
그리움이 끝나면 다시 길 떠날 수 있을까

초판 1쇄 인쇄 2020년 5월 10일
초판 1쇄 발행 2020년 5월 18일

지은이 이영진 윤재철 김진경 최두석 곽재구 박몽구 강형철 나종영 나해철 고광헌
펴낸이 김연희
주간 박세경

펴낸곳 그림씨
출판등록 2016년 10월 25일(제406-251002016000136호)
주소 경기도 파주시 광인사길 217(파주출판도시)
전화 (031) 955-7525
팩스 (031) 955-7469
이메일 grimmsi@hanmail.net

ISBN 979-11-89231-34-7 (04810)
ISBN 979-11-89231-28-6 (세트)

이 도서의 국립중앙도서관 출판예정도서목록(CIP)은 서지정보유통지원시스템 홈페이지(http://seoji.nl.go.kr)와 국가자료공동목록시스템(http://www.nl.go.kr/kolisnet)에서 이용하실 수 있습니다.(CIP제어번호: CIP2020018235)

5월시 동인시집 제6집

그리움이 끝나면 다시 길 떠날 수 있을까

이영진 윤재철 김진경 최두석 곽재구
박몽구 강형철 나종영 나해철 고광헌

그림씨

머리말

모든 것이 상품화되는 사회에서 시가 서 있는 자리는 어디이며 시의 역할은 무엇인가?

모든 것이 상품으로 생산되고 상품으로 팔리는 사회에서 상품이기를 거부하는 시는 인간적 가치에 대한 옹호라 할 수 있다. 현대시를 이야기할 때 상품화되고 획일화된 현대 사회에 대한 미학적 저항이라는 말을 흔히 쓰는 이유가 여기에 있다. 그러나 그것은 시가 서 있는 일반적 자리이며 시가 하는 소극적 역할이다. 자본의 힘이 폭력화되는 파시즘이나 식민주의 아래에서 시는 미학적 저항의 차원을 넘어서 행동화하고 미래의 전망을 통해 행동을 촉구하기도 한다. 어느것이 시의 본령인가를 묻는 것은 어리석은 일이다. 그 모두가 시가 서 있는 자리와 역할의 폭에 포용되는 것이며 미학적 저항의 치열성과 미래의 전망을 향한 행동의 치열성은 등가이며 상황에 따라 상호 전화되면서 시의 진정성을 이루는 것이다. 우리는 시가 행동화되어야 할 상황에서 미학적 저항만을 부르짖는 것도 진정한 시의 길이 아니며 시가 시로서의 일반적 폭을 가져야 할 상황에서 행동만을 부르짖는 것도 진정한 시의 길이 아니라고 생각한다. 이제 우리의 민족문학은 미래의 전망을 향한 행동의 치열성에서부터 미학적 저항의 치열성에 이르기까지 시의 진정한 폭과 깊이를 보여 주고 검증받아야 할 시점에 이르렀다. 그렇기 때문에 이 시점에서 '5월시'의 이름을 달고 작품을 모아 내는 것에 대해 많이 망설일 수밖에 없었다. '5월시'라는 이름을 굳이 달고 나갔을 때 거기에 걸리는 무게와 기대가 너무 크리라고 생각했다. 하지만 민족문학이 혼미에서 벗어나고 있지 못한 이 시점에서 우리의 시가 거짓으로 판명되는 한이 있더라도 매서운 검증의 눈앞에 과감하게 스스로를 드러내는 것도 단단한 또 하나의 출발을 위해 해야 할 우리의 역할이라고 뜻을 모았다.

우리가 스스로를 감추고만 있기에는 그간의 문학적 상황은 너무도 가슴 아픈 것이었다. 무슨 무협지의 결말처럼 하루아침에 그간에 부르짖던 민중시니 노동계급의 문학이니를 폐기하고 속세를 떠나는 무림고수들의 변화된 작품들 속에서도 아무런 문학적 진정성을 발견할 수 없었고, 아무 변화 없이 목청을 높이는 작품들 속에서도 문학적 진정성을 느낄 수 없었다. 상업주의의 지배 속에서 상업주의의 기준이 문학적 기준으로 등치되고 그것을 이념의 지배로부터 문학이 자유를 얻은 것으로 생각하는 암묵적 분위기와 운동의 실패를 기정사실화하고 실패를 상품화하는 흐름들이 당혹스러웠다. 문학은 가장 첨예하게 변화를 추구한다. 그러나 그 변화는 치열한 과정을 수반하는 내적 필연성을 갖추고 있어야 하며 그렇게 때문에 기왕의 성과를 계승하고 갱신하는 것이어야 한다.

우리는 위에서 열거한 잘못들이 우리의 시에도 존재함을 잘 안다. 우리는 한 구절도 살아남지 못하더라도 이러한 잘못들이 검증되기를 바란다. 우리가 지향하는 것은 미래의 전망을 향한 행동에서 미학적 저항에 이르기까지 일관되게 관철되는 치열성, 문학적 진정성이며 그것을 통해 확보되는 민족문학의 진정한 폭과 깊이이다. 우리의 시가 전혀 그에 값하지 못하지만 지금과 같은 시점에서 굳이 그러한 원론적 지향을 확인하고자 하는 우리의 뜻이 조금이나마 전달될 수 있었으면 한다.

우리가 합의하는 지향이 원론적 수준 이상이 아니라는 점에서 이 신작 시집은 호수를 갖는 동인지가 아니다. '5월'이라는 과분한 이름을 달고 모였던 동인들이 그 과분한 이름에 대한 공동의 책무를 수행하는 것으로 이해했으면 고맙겠다. 우리가 시의 가능한 모든 폭을 관통하는 치열성, 문학적 진정성을 확보하고 있지 못하다면 '5월'에 대해 최소한의 문학적 책무를 다하지 못하는 것이며 '5월'을 진정한 통일의 문학으로 계승해 나가지 못하는 것이다. 실패면 실패인 대로 후배들이 길을 찾아 나가는 데 도움이 되기를 바란다.

1994년 8월

동인 일동

차례

머리말 4

이영진

한천寒泉 저수지 15
다산 묘소 가는 길 16
문중산 17
장성역 18
밤 7시 20분 전. 5월 16일. 광화문 19
국회 출입 기자 H씨 1 24
국회 출입 기자 H씨 2 26
거세된 슬픔 28
나는 아무것도 모른다 30
단추를 달까 33
5월은 내게 35
꽃을 꽃이라 부르고 싶다 37
무덤 곁에는 훈장만 빛나고 39
입관入棺 40

윤재철

위안 45
바보 같은 한 사내와 동백을 캐러 갔다 46
바압 47

말 혹은 정신적 풍경의 차이 48
관광 사진사 조씨 49
세월 보내는 사람 51
가평에서 53
추억하지 말기 54
호반새는 가고 55
눈물은 어디에 있을까 56
빗속에 듣는 마하반야바라밀다심경 57

김진경

횟감은 신선도가 값이다 61
별빛 속에서 잠을 잤다 62
낙타 64
망월동에서 돌아오는 길, 눈오는 담양 들판에
내려앉던 까마귀떼를 생각하며 66
한강에 내리는 비 67
난초기 72
포장을 하며 73
프로메테우스의 시간 75
방죽이 울믄 76
낡은 시집 78
불알 80

최두석

대청봉 눈잣나무 83
임진적벽 84
박새 소리 85
얼음새꽃 86
소월에게 88
등나무 아래에서 89
동해 이심이 90
고온리 홰나무 93
갈밭논 96

곽재구

수석가게 아낙 101
권력 102
자목련 103
은선리 3층 석탑 이야기 104
백산에 올라서면 107
찔레꽃 108
강 110
새 111

박몽구

청계천에서 115
뒤로 걷는 아름다움 117
동숭동의 봄 1 118
동숭동의 봄 2 119
동숭동 연가 120
외포리에 가서 122
인왕산의 새 123
누가 남아 노래를 부르리 125
비디오의 땅 1 126
비디오의 땅 2 128

강형철

단장斷章 1 133
소격동에서 134
장물贓物 처리 135
아버님의 사랑 말씀 6 136
늘 사라지는 소설 137
포일리에서 138
독립공원 140
아현시장 141
거미줄 143
향일암에서 144

나종영

다시 오월에 147

말바우시장의 봄 149

동백꽃 숲속에 서서 150

못 152

백목련 153

백두산 들꽃 154

물봉숭아 155

각시붕어 156

나해철

천연덕스러운 생 161

내 마음 식은 재와 같이 162

코스모스와 지뢰 163

이인모의 사진 164

검은 꽃 165

너의 병 나의 병 166

하이에나 167

노을 168

단풍 169

내 마음의 가을 170

고광헌

도봉산 173
지금도 힘이 되는 옛 추억 174
불망기 175
겨울나무 176
그런 꼬라지가 될 바엔 차라리 통일 안 했으면 좋겠다 177
무국적 한국인 179
낫 180
어느 봄날 181
가을 182
일회용 카메라로 찰칵 사진 박아 주고 싶네 183
어느새 축복이 발목까지 덮어 주시네 184

평론

역사에의 부름과 우정의 결사_임동확 186

이영진

한천寒泉 저수지
다산 묘소 가는 길
문중산
장성역
밤 7시 20분 전. 5월 16일. 광화문
국회 출입 기자 H씨 1
국회 출입 기자 H씨 2
거세된 슬픔
나는 아무것도 모른다
단추를 달까
5월은 내게
꽃을 꽃이라 부르고 싶다
무덤 곁에는 훈장만 빛나고
입관入棺

한천寒泉 저수지

고인 물이 무겁다. 산그늘 물에 잠겨 고요하고 아무도 보이지 않는다. 산들은 늙은 몸안에서 끝없이 꽃들을 토해 내고 꽃들이 떨어져 시간이 곪는다. 손가락에 든 가시는 아프지만 곪은 시간은 아프지 않아. 하늘을 헤아리지 않아도 나이 사십의 밤하늘에 별이 뜨고 더러 눈도 내리고 곪은 상처가 터져 꽃이 피더니 임종하는 법도 알 것 같다. 바람이 스쳐 가는 인연도 알 것 같아. 마지막 생의 끝 시간, 그 끝에 앰뷸런스가 와 멎고 아직은 빈 채인 무덤가에 개나리 피어 호남탄좌 가는 길가에 한 순간 세상이 밝았다.

다산 묘소 가는 길

흐르는 물을 거슬러 더러 양수리를 향해 가지. 쉼없이 흐르는 탓일까. 강엔 언제나 물이 많아, 양켠에 늘어선 산들이 물속으로 포개어 눕고, 어느 때를 가릴 것 없이 길은 비좁다. 찻길 변에는 때아닌 산 오징어와 북한 소주가 좌판 위에 널려 있고, 그래 세상에 팔지 못할 것이 무엇이겠느냐. 동해 속초 너머 화진포 어림 어디쯤이나 평안도 해바라기 고운 회천 어디쯤이 아니어도 쉼 없이 팔고 또 팔 수 있겠지. 늘어선 가로수 푸른 잎새 사이로 '실사구시實事求是' 그대 먹을 갈아 붓을 들던 그 지심地心 깊은 손길이 안타깝지만 강처럼 흐르는 이 쉼없는 욕망이 그대에게 가는 길보다 더 멀다.

다산, 그대 묘소를 내려와 물가로 가면 매운탕집 간판보다 먼저 수국이 피어 길 떠나온 먼 세상의 더운 가슴을 삭이라 이르고 빈 산 가득 낮 뻐꾸기 정정히 울어 고요히 가라앉은 물 속에 무거운 짐을 부리라 한다. 서둘지 말고 천천히, 쉼없이 오라 한다. 수국 피어 그림자 진 고요한 물가, 그대 오래도록 잠들지 않은 그 먼 길.

문중산
—하얼삔에서 돌아온 재덕 형에게

사창社倉가는 십 리 물길에 산들이 젖었다. 봄이면 햇살 속으로 가물가물 요령 소리 멀어져 가고 당산 밑 상여 위에는 종이꽃이 피어올라 봄이 고왔다. 흙담 위로 내려앉는 어둠은 무거웠지만 밤 깊은 봉창가엔 불이 밝았고, 가마니 짜는 소리 비켜가는 소리 없는 그림자 하나 사립문을 나섰다. 이제 저수지 물가엔 발자국 소리 들리지 않고, 토하土蝦 잡던 물가의 작은 불빛들마저 사라졌다. 마을로 내려가던 길가 제각祭閣 곁엔 잡풀만 무성해 길이 없었다. 유실수를 심다 떠나 버린 산지기네 부뚜막엔 비가 들이쳐 그이의 저승꽃 핀 순한 얼굴, 낮은 기침 소리 산그늘 속에 묻혀 버렸다. 몇 번의 장마가 지고 당숙네 큰 송사가 끝난 뒤 대밭 밑의 샘물은 말라 버렸다. 녹슨 수문 밑에선 굵은 가물치들 공비처럼 숨어 살다 당숙의 상한 가슴 약탕기 속에서 뼈까지 자근자근 녹아들었다. 마을 앞 들녘은 때도 없이 소나기에 젖고 퇴비 쌓인 마당가엔 밤꽃이 낭자했다. 밤나무 그늘 밑에서 숨죽여 관음사觀音詞를 써내리던 귀밑머리 검던 누이 꽃향기에 취해 저문 산길, 어둔 물길을 밟아, 상사의 길 떠났다. 눈에 익은 길 모두 버리고 긴 머리 풀어 물속으로 사라지고 난 뒤 남몰래 이름 없는 비석을 짊어지고 문중산으로 들어갔던 옛사내. 당숙은 아직까지 세상에 나오지 않았다.

장성역

흙터는 환한 분꽃 같아. 누구에게나 기차는 다가와 눈앞에 서고, 콜타르 녹아 진득한 갱목을 건너 문 안으로 들어서면 모든 것이 눈 안에 아프게 와 박혔지. 그래 사방 천지 가득히 어린 벼들이 푸르고, 깜깜한 햇살 아래서 기차는 떠났지. 등뒤에 너는 서 있네. 아무런 표지도 없는 무덤처럼, 낮게 엎드린 능선들, 양어깨 사이로 고개를 묻고 웅크린 산들이 천천히 움직이기 시작했네. 너에게서 멀어지는 거리와 나에게서 멀어지는 너의 눈빛, 그 한가운데 차단기를 내리고 서 있는 무심한 역사驛舍, 누구에게나 멈출 수 없는 시간은 있어. 달아오른 참숯을 집어삼키고 겁없이 마구 꽃잎을 게워내던 우리 온몸의 가지여. 오오, 벙어리가 되던 산, 흘러갔네. 온산의 나무들 빠르게 쓰러져 눕고, 숲속 가득히 수분이 차오르던가. 상서로운 여름날, 역전 다방 창밖엔 흰 구름, 칸나꽃 더위에 사위어 그늘지던 날, 아아 하늘 밑 누구에게나 그렇게 오지. 온 생을 허무는 재앙은.

밤 7시 20분 전. 5월 16일. 광화문

1

광화문, 문이 없는 사거리
속도가 맹렬하게 교직되는 지점
속도가 직조하는 것은 무엇인가,
흘러간 시간 위로 떠오르는
페르시아 융단, 어둠이 오는가, 모든 전구들이 일제히
불을 켠다.
그러나 보이는 것은 아무것도 없다.
동상이 희미한 어둠에 젖는다. 수직의 벽, 너를
코리아나 호텔이라 부른다.
벽면 높이, 눈높이보다 조금 더 높은 곳
대형 사인 보드에서 쏟아지는 뉴스와 광고들
눈이 빠르지 못한 놈, 뉴스의 내용을 곰삭여 생각해
보는 놈들을 위해 뉴스는 반복된다.
사인 보드, 본질은 뉴스가 아니라 진실이 아니라
광고다. 코리나아 호텔 옆구리 현란한 전광판은
광고이고 그 벽 속의 본질은 광고이고 또 광고이다.
자본의 탑,
불끈거리는 자본이다.
짧고 강렬하게 생각할 틈도 없는 속도로
점멸하는 불빛,

순식간에 모든 것을 규정하려 드는 불빛이여.
문이 없는 사거리에 어둠이 내린다.

2

희미한 어둠, 가볍게 기지개 켜는 전자 입간판
시작되는 러시아워, 그리고 수천, 수만 개의 검은 타이어들이 펼치는 도로에의 집중
이것은 활력인가, 정지인가
빌딩과 빌딩들이 만들어 논 깊은 골목에서
지하 호프집 시멘트 바닥에서 썩은 맥주 냄새가 흘러나오기 시작한다.
습관적으로 오고가는 밤.
제각기 얼굴을 바꾸는 거리, 변화라고 느껴지지도 않는 변화, 변화여.
너의 익숙한 눈길. 나는 어디에도 없다.
너는 어디에도 없어.
우리는 오늘도 알고 내일도 안다.
그러나 결국 아무것도 아는 것이 없다.
느린 속도, 그래도 길은 움직인다. 그래도

반복해서 짜증스럽게 페달을 밟는
신발 속의 발
매일 밤 입 속으로 흘러드는 소주 혹은 썸씽 스페샬.
생기 있는 모든 것들의 동작이 의심스러운 시간
광화문에 열린 문은 없다.

3

얇지만 가볍기 한량없는 너의,
부풀려진 블라우스, 레이온사에 감싸인 탄력이여
팽팽한 젖가슴, 안개꽃 속에서 유혹의 눈빛을
흘리는 장미 세 송이 아니 일곱 송이.
혹은 수북이 털이 난 근육질의 가슴.
가슴과 가슴의 끝없는 겹쳐짐. 예비된 비상과 추락
오, 접촉의 무한대, 통쾌한 무질서
의지 없이도 생명은 태어난다.
꽃은 피었다 진다. 어느새 녹음은 짙다.
청와대를 둘러싼 인왕산, 효자동은 푸르다.
이유 없이도 녹음이 짙다.
부풀어오른다. 자본의 확산, 거리에 자동차는 늘어난다
호텔이 늘어나듯이. 가난한 자들이 늘어나듯이

슬프게도 성기性器는 부풀어오른다.

4

아무런 이유가 없이도 세계는 존속하는가.
아파트 구멍 하나가 1억이 넘는 도시.
수억 개의 구멍과 구멍 그리고 밤이면 가득
불이 켜지는, 아니 차오르는 방房.
아이들이 자라고 베란다에는 난과 선인장이
자라고, 계집아이의 머리칼이 자라고, 또 자란다.
무서운 속도로 땅을 파헤치는
대형 포크레인 네 무쇠 삽날이 닳고 또 닳는다.
흰 머리칼이 늘어나는 속도만큼
네가 아니 내가 저지르는 죄를 셀 수조차 없다.

5

난지도를 향해 달리는
대형 쓰레기차여, 지난 시간의 흔적을 가득 싣고
먼지를 내며 달리는 어린 풋내기 운전수여

썩고 또 썩어 마침내 쓰레기의 산에 이르는 생산력이여
그러나 웬일일까. 이곳에서 생명은 꽃밭처럼 뜨겁다.
나는 그 이유를 아직 알지 못한다.

국회 출입 기자 H씨 1

잔디가 정숙하다. 그리고 솟구치는 돌기둥이 떠받치는
지붕, 날마다 마주치는
국회도서관과 의원회관, 비좁은 주차장, 수백 개의
의자로 둘러싸인 본 회의장.
그렇다, 이것은 풍경은 아니다.
세상의 시작도 아니고 땀에 밴 생산의 시작은 더더욱 아닌
이곳에서 나의 프레스 카드는 언제나 합법적인가.
닫힌 문,
문에 관한 한 나는 언제나 자유인가.
나는 수만 개의 눈과 입을 가졌지만
전투의지까지, 아니 또 다른 권력의지까지,
나는 이곳에서 힘이 있는가 ―원칙적으로는
보이지 않게 금제된, 스스로도 알 수 없는
뇌세포의 익숙한 움직임, 그래도 모든 눈과 입은
숨이 가쁘다. 입법가여,
너는 거대하다.
너는 민첩하고 조용하게 그러나 합법적으로 파괴할 뿐.
법은 생명이 아니다.
여유롭게 지상 위를 날아오르는 비둘기들
윤중제輪中提 곳곳에서 새순을 틔우는 봄바람이여, 유람선이여,
그들과 나를 동시에 이곳에 보낸 힘은 무엇인가.

이제 최소한의 균형도 정의일 수도 그 누구의 책임일 수도,
없는 이곳에서 그들은 무엇인가,
신도 혁명도 아닌 더더욱 자연도 아닌
그들은.

국회 출입 기자 H씨 2

통속극의 비극은 비극의 끝에 문門이 없다는 것이다.
더 이상 올라갈 길이 없는 사다리.
그 마지막 칸에 올라선 입법가들에게
그 한계의 겨드랑이에 날개를 달아 주자고?
효용가치의 상실일 뿐.
너는 예언자도 현실주의자도 아니다.
잔디는 여전히 정숙하고,
주인 바뀐 자리는 언제나 분주하지만,
배우인가, 세월이 가고,
너의 세월은 희극인가.
희망도 절망도 아닌 너는 무엇인가, 스스로의
한계까지 명확히 헤아리는 너의 또 다른 한계여.
여의도는 강江 속의 섬인가, 섬이면서 섬이 아닌
대안도 아니면서 그저 대안인 입법가들과 함께
적당하게 흐르는 강은 어떤 질서인가
SBS 공중파가 나르는 보이지 않는 그대 음성이여 너는 무엇인가,
끝없이 서로를 튕겨 내는 힘과 힘의 충돌. 그러나
지구는 깨어지지 않는다.
철도파업도 지나가겠지. 몸에 휘발유를 끼얹고
사라졌던 분신의 사내들처럼
아아, 불덩이처럼 이내 빛은 사라지고

명확한 것은 없어.

불투명하게, 두리뭉실하게, 결론이 나지 않게.

식도를 꽉 메운 채 내려가지 않는 주먹밥.

그 질감만큼

너는 거기 서 있다 — 국회의사당.

거세된 슬픔

지나갔다. 돌이킬 수 없이
창작과비평사 문을 나와
합정동 버스 정류장 쪽을 향해
걷는 김남주의 뒷모습. 싸구려 파카와 어깨에 걸친
낡은 가방 하나를
나는 어제도 보았고
오늘도 본다.
"어이! 남주 형 이따 점심시간에 만나."
"뭐, 그냥 내장탕이나 한 그릇 하자구."

지나갔다. 소리쳐 울 틈도 없이
우중충한 풀빛 출판사, 책 썩는 냄새 한구석에서
"씨팔! 거지 같은 자식들. 사기치지 말라고 해."
이빨을 가는 채광석, 담배를 씹어 문 그의
좁혀진 미간. 그의 붉은 눈빛을
나는 오늘도 보았고
어제도 보았다.

과연 세계는 나의 의지와 상관없이
지나가는 것인가
한강 철교 위를 달리는 기관차처럼.

어! 씨팔 사는 일이
지겹다. 도사 같은 놈들아!

나는 아무것도 모른다

깃발이 펄럭이는가. 바람이 부는가 아내여!
전화를 건다. 내가 부재하는
너의 시간 속으로 내 성性이 부재하는
너의 메마른 침실 속으로
화급하게 혹은 지친 음성으로 서로의 부재를
전한다. 늙지도 않은 채 흰머리 돋는 아내여
너와 나는 없다.

부재 속에서도 꽃은 핀다고
아이들은 웃고 싸우고 가스레인지 위에서
생선찌개는 끓고 있다고
너는 없지만 나는 살아간다고.

나는 아무것도 알 수가 없다.
나의 시간을 알 수 없어도 내 근육의 세포가
늙어 간다는 사실을 또한 새로이 안다.
아내여, 그러나 내가 지금까지 확인한 것은
내가 아무것도 모른다는 것, 아니
무엇을 알 자격조차 없다는 것. 감히
무엇을 발언할 자격조차 없다는 것.

미래에 대해 역사에 대해 묻지 말라고?

허공을 나는 비둘기 혹은 까치의 날개 빛에 대해
붉은 흙의 신선한 향기에 대해
아, 나는 무엇인가.

지극히 작고 직접적인 일, 구체적이고 실천 가능한 일
도덕적이고 아름다운 일, 흐뭇하게 가슴이 더워져 오는 그런 일
나를 버리는 일, 신념을 철교를 떠받치는 교각처럼 튼튼하게 하는 일.
결코 어느 시대에나 틀릴 수 없는 모순과의 힘찬 포옹.
그리고 그에 대한 해결 의지를 끝까지 버리지 말 것.
포기하지 말 것, 흔들리지 말 것.
이불 쓰고 만세 부르지 말 것. 더더욱 속이지 말 것.

아내여, 텅 빈 너의 눈빛과 아직도 붉은 입술
숨가쁘게 꽉꽉 들어찬 생활, 윤기나는 머리칼이여.

나는 여전히 아무것도 알 수가 없다.
파도가 밀려오는 고요한 해변가 해송의 그늘 속에서도
솔 향기가 가득한 계곡이나 산맥 위에서도
달리는 자동차의 속도가 무슨 진실인지
핵사찰이 무엇인지, 아이가 자라 죄를 짓는 것이
무엇인지

너의 깊은 애무, 그 빈손이
무엇인지,
너의 간절한 기도가 무엇인지
나는 알지 못한다.

단추를 달까

사소한 일이다. 설마 이 일에까지
의지가 엄청난 무게의 신념이 필요친 않겠지
그냥 그런 시간도 있는 게지
단추 다는 일. 그러나 새벽 2시
남대문시장에 가 보면 알지.
남대문에서 힐튼 호텔 쪽으로 조금만 올라가면
단추백화점이 있어

우리와는 아무 상관도 없이
단추백화점이 있어, 사소한지조차 상관없이.
수십, 수백 대의 차량이 단추를 사기 위해
수천, 수만의 눈들이 단추를 고르기 위해
그 남산길을 가득 채우고 있어
밤 2시 깜깜한 밤에
단추를 사기 위해 사람들이 몰려들지
사소한 일을 위해 단추를 달고 싶은 사람들이 모여들지
남대문, 고색창연한 유산, 문 아닌 문 곁에 단추백화점이 서 있어
세상의 모든 단춧구멍을 메우는 일
모두에게 사소하고 보편적인 일, 행위가 끝나면
몽땅 잊어도 좋은 일을 위해
의미 없는 한순간의 시간을 메우는 일을 위해

끝없이 열려 있는 수억의 길
네 생활 속의 한 가지 관계를 위해, 그 엄청난 사소함을 위해
오늘밤도 단추백화점 앞에 사람들이 전국 각지의 사람들이 몰려들지
사소한 일을 업으로 삼은 장사꾼, 사소하지만 전체인
자본의 손길이 몰려드는 거야.
모두가 잠든 밤 2시에.

5월은 내게

5월은 내게 유행가를 부르게 한다
부끄러움만 남긴 그 계절은,
아카시아 독한 향기보다 더 진하게 나를 엄습한다.
잠들 때나 노래할 때나 봉급 봉투를 받을 때나
다리를 건널 때나, 아이들 햄버거를 사 줄 때. 남 몰래 양담배를 피울 때, 핵사찰 그 오묘한 방정식에 관한
신문 기사를 읽을 때
의식과 무의식, 의지와 무의지, 그 어느 쪽이든
그것은 언제나 기습이거나, 테러다.
성욕까지 가시게 하는,
봉급 받는 손끝까지 절망스럽게 하는
아, 사라지지 않는 환영.
피나 시간으로도 지워지지 않는
가지 끝에서 가지 끝으로 따뜻하게 불어가는 바람으로도
아, 사라지지 않는다.
아무런 각성도 없는, 사실 부끄러움조차
잊고 사는 내게 5월은 사라지지 않는다.
사라지지 않아.
하늘을 폭음으로 가르는 폭격기.
한 순간 사라지는 물체에서조차
생일날 사 드는 반 돈짜리 금가락지 무게에서
조차, 5월 그 아카시아 향내는

사라지지 않는다.
유행가조차 어색하게 만드는 5월
너 끝나지 않는 시간이며
시간 밖의 시간이여.
내 이 끝간 데 없는 매춘을 큰 눈으로
큰 눈으로 응시하는 눈빛이여.

꽃을 꽃이라 부르고 싶다
—전직 장군들에게

이제 잊고 싶다. 참으로 푸른 저 하늘 깊은 곳에 묻어 두고 싶다. 비 내리는 담벼락 밑 소리 없이 피어오르는 남빛 자주달개비, 너를 그냥 자주달개비꽃이라 부르고 싶다. 닫힌 철문, 부서진 시간 속에서, 화려한 찻잔과 연금의 나른한 여백을 즐기는 전직 대통령들이여, 어린 소년이 자라 다시 손에 불타는 꽃병을 들 때까지 그 오랜 시간 동안 여전히 국회의원인 전직 장군들이여. 참으로 잊고 싶으므로, 참으로 온전한 세상을 살고프므로, 대답하라. 허공 가득 불화佛花 피어 바람까지 향기롭던 날, 그날의 저주를 스스로 이야기하라. 그날 이후 우리가 우회해 갈 수 있는 길은 지상 어디에도 보이지 않았어, 우리는 아직 젊고, 우리는 아직 존재하므로 한치도 어김없이 다가오는 신생新生의 시간을 향해 걸어가야 하므로 그날 검은 총구를 열어 사람의 가슴에 답한 자들이여, 이제 대답하라.

그대들의 늙은 노모와 한치도 틀림이 없는,
그대들의 형제 혹은 아들, 딸과 한치도 틀림이 없는,
그대들의 사랑스러운 아내와 한치도 틀림이 없는,
그들은 어디로 사라졌는가,
그들은 대지의 어디쯤에, 지난 시간의 어디쯤에 묻혀 있는가,

분노가 끝나지 않은 땅에 저주 또한 끝나지 않아,
이곳에선 해와 달과 별들의 자전마저 그림자일 뿐, 내 온 생을

다하여도 죄로써 죄를 사할 길 없어, 끝끝내 돌아서 갈 수 있는
길은 보이지 않아, 어정쩡한 현대사의 흐린 능선이여 묵시적
으로
서로의 눈빛을 허용하는 체증 걸린 가슴들이여.
그들은 어디에 서 있는가, 이제 모두가 다 알고 있는,
온 세상이 다 알고 있는 그러나 호명하기를 거부하는 이름,
그리하여 마침내 모두의 가슴에 죄로 자라나는 그 비밀 아닌
비밀을 이제 말하여 다오.
저 밝은 햇살 속에 피어오르는 꽃을 꽃이라 부르게,
사랑을 사랑이라 부르게.

무덤 곁에는 훈장만 빛나고

그들은 죽음마저 그 절대의 정적마저
빼앗겨 버렸다.
해마다 그들의 무덤가엔 붉은 꽃들이 쌓였고
참배객들의 뜨건 눈물이 쌓였고
목메이게 그리운 혈육들의 슬픔이 쌓였다.
흉터처럼, 거대한 흉터처럼 솟아오른 그대들의
머리맡에 수천 수만의 발걸음과
고개 숙인 묵념이 쌓였다.
이미 죽어서 시간을 완성한 자들이여, 절대의 시간 속에
솟아오른 풀빛 언어들이여
그러나 그대들의 머리맡에
어느 날부터인가 대형 플래카드가 세워지고 수백 장의 현수
막이
내걸렸다.
이름도 선명하게 정치인들의 이름이
전시되기 시작했다.
정갈해야 될 그대들의 영지에
푸른 바람 대신, 맑은 눈물과 울먹이는 뜨건
가슴 대신 훈장이 내걸리기 시작했다.

입관入棺

미카엘 그는 황금빛 검을 높이 들어 어둔 세계를 잘랐다. 그러자 혼돈 속에서 푸른 하늘이 보이고 내 온몸에는 금이 가기 시작했다.

너는 하늘로 가고 나는 까닭 없이 임진강 나루 문산까지 왔다. 네가 막 떠나가는 하늘가엔 태풍이 오려는지 낮은 풀섶 위로 선득선득 바람이 불어가고 푸른 하늘 가득 흰 뭉게구름 솟구쳐 끝이 없다. 구름 사이로 가만히 열린 하늘. 저 푸르게 빛나는 높은 문 앞에서 잠시 뒤돌아보며 조용히 웃고 있는 네 순한 얼굴. 바람보다 더 가벼운 몸짓으로 너는 과연 어디로 가는 것이냐, 지상 위에 단 한 점의 죄도 떨구지 않고 떠나는 이 정갈하고도 작은 사내야. 아무런 시간도 나누어 주지 못한 나는 너를 얼마나 사랑한 것이냐, 나무탁자 위에 놓인 붉은 깍두기며 소주병 내 가까이에 엎드려 있는 이 모든 세계 앞에서 바위보다 더 무거워진 나는 참으로 너를 잃은 것이냐, 우리가 익숙하게 얻고 또 잃는 것, 우리가 서로 몸 바꾸어 떠나고 남는 것, 어쩌자는 것이냐, 네가 홀연히 입고 나서는 누런 삼베옷 한 벌. 네 육신을 아프지 않게 묶어가는 종이끈 몇 줄 네 검게 식은 얼굴. 차겁게 굳은 뼈를 녹여내는 네 젊은 아내의 호곡 소리와 아직은 삶 속에 남은 자들의 염치없는 침묵. 어쩌자는 것이냐, 바람은 애시당초 무심하거늘 아아, 사랑을 잊고 사는 죄, 눈물 따위로는 어찌할 수 없는 잔인한 의지여, 태풍은 아직 오지 않고 한순간에 썩어 물렁물렁해진 내 더러운 가슴 너머 긴 갯벌 위로 어둠이 내리고 눈시울에 가득 고인 눈물처럼 저녁 임진강은 흐르고 아무 결론도 없이 아무런 해명도 없이 시간은 멈추고 너는 떠나고 더 이상 돌아갈 집이 없는 나는 여기에 홀로 이렇게 남고.

시인 송보웅군은 1994년 8월 6일 새벽 1시 전군가도에서 자동차 사고로 세상을 떠났다.

윤재철

위안
바보 같은 한 사내와 동백을 캐러 갔다
바압
말 혹은 정신적 풍경의 차이
관광 사진사 조씨
세월 보내는 사람
가평에서
추억하지 말기
호반새는 가고
눈물은 어디에 있을까
빗속에 듣는 마하반야바라밀다심경

위안

언젠가는 살아 있는 것만으로도
행복한 날이 있겠지
햇빛 찬란한 거리를 걷거나
차창 밖으로 눈발 비껴가는
겨울 들판을 바라보며
그냥 살아 있는 것만으로도
행복한 날이 있겠지
그러나 지금
아직도 그리워해야 할 사람이 있고
다 타지 못한 사랑의 불씨가
내 가슴을 뒤흔드는 때
나의 노래는 하늘에 떨고
기쁨보다는 슬픔이
더 큰 위안이 되다.

바보 같은 한 사내와 동백을 캐러 갔다

바보 같은 한 사내와 동백을 캐러 갔다
마누라가 아이 둘을 놔 두고
어느 사내와 눈이 맞아 도망쳐 버린
바보같이 착한 한 사내와 동백을 캐러 갔다
보림사 깊은 계곡 개란 몇 뿌리 캐고
바람모지에 웅크리고 앉아
라면에 소주 두 병 나누어 마시고
이윽고 찾아간 그의 고향 마을 뒷산
환한 햇빛 속에 국민학교가 내려다보이는 숲속에서
동백나무가 너무 커
빨갛게 핀 동백꽃이 너무 탐스러워
동백나무는 손도 못 대 보고
멀리 길을 돌아 인적 드문 가게 점방
소주 몇 병에 다시 취해
저물녘 비닐 봉지에 개란 몇 뿌리
털렁이며 돌아왔다.

바압

공주 문예회관에서 열린 불교 강연회에 갔다가
본 강연 끝나는 대로 먼저 빠져 나오는 길을
앞서거니 뒤서거니 가던 아주머니들 서넛이서 하는 말이
왜 더 듣지 먼저 나왔어
바압
응 나두 밥 때문에 먼저 나왔어 하더라
왠지 그 말이 정겨워
부처님이 주시는 밥도 좋지만
영혼의 밥도 좋지만
당장 새끼들 멕이는 밥을 놓지 못하는
밥에 매여 사는 그 삶이 정겨웠다.

말 혹은 정신적 풍경의 차이

비 오시는 날
따뜻한 방안에 들어앉아 커피포트를 고치며
스님은 심심파적 말을 한다
커피포트가 데워지면서
바닥 열선 위에 맺히는
작은 물방울을 게눈 같다고 하다가
그것이 점점 커져
어린애 눈물방울만큼 커지면
기계가 솔바람 소리를 낸다고 한다
그래 물이 거의 끓을 때면
바람 잦아지는 소리가 난다고 하며
노스님 얘기도 한다
성미 급한 시자가 이쯤 됐다 싶어
커피포트를 빼려 하면
노스님은 멀찍이 앉아 책을 보고 있다가
책에서 눈도 안 떼며
아직 덜 됐느니라 한다고.
그러면서 스님은 커피포트를 다 고쳐 놓고
이놈이 나 때문에 살았구나 하며
찻물을 다시 붓는다.

관광 사진사 조씨

절은 그대로 있는데
가을이다
한낮에 절 앞 감나무 밑에
관광 사진사 조씨도 그대로 앉아 있는데
가을이다

6·25 때는 인민군들이
아랫마을에서 소를 끌어다
마지솥에 삶아 먹고
대웅전에서 낮잠 늘어지게 자고 떠났다는데
가을이다
4·19나 5·18은
그냥 설렁 지났다는데
가을이다

이제는 필름이나 팔며
즉석사진이나 어쩌다 찍어 주며 지내는데
지나가는 객승과 한담도 하고
드나드는 모든 사람과 사건들을
한 귀로 흘리면서
사진처럼 모두 기억하는데
가을이다

일흔두 번을 넘는
가을이다.

세월 보내는 사람

연천봉에 올라갔다가 내려오는 길에
등운암에서부터 슬금슬금 뒤쫓아온 사십쯤의 한 사내가
길이 나뉘는 고개마루턱에 이르러서
담배 있으면 하나 얻잔다
쭈그려 앉아 담배 한 대씩 피면서
암자에서는 무엇을 하고 있느냐고 물으니
그냥 세월이나 보내고 있쥬 하며
하늘바라기로 담배 연기를 내뿜는다
여기에는 오 년째 있는데
몇 번이나 머리를 깎았다 기르고
내내 속세의 인연 때문에 스님이 못 되면서도
그냥 산에 산다고 한다
그래도 돈이 좀 있어야 할 것 아니냐니까
전기도 전화도 없는 산꼭대기 암자라
이고 지고 가난한 사람들이 많이 오는데
그래서 돈도 대중없이들 내는데
정 돈이 없으면 몸으로 때우고
나뭇짐으로 때우면서 항상 보면 서넛은
공밥을 먹고 있다고 한다
결혼했느냐 물으니
아무 대답 없이 다 태운 담배꽁초로
흙을 모았다 흩었다 한다

이웃고 악수하고
고개마루턱 바위 위에 서서
내가 내려가는 것을 부러운 듯 지켜 보길래
언젠가 좋은 세월 오겠지요 했더니
그래도 세월은 보내야쥬 하며 돌아서 올라간다.

가평에서

청산에 백로
가로질러 날다
아이는 어항을 놓고
고동을 줍고

미루나무 그늘에 앉아
중학교 때 제자와 막걸리를 마시며
그의 시를 안주삼아
버릴 줄을 알라고 말을 한다

서울로 돌아오는 길
가는 시간보다 서 있는 시간이 더 많아
어느덧 깊어 가는 밤
눈 감으면 청산에
백로 가로질러 날고

나는 더 오랜 세월
무엇을 버리며 살았나.

추억하지 말기

뒤돌아보지 말기
다시 생각하지 말기
흘러간 것은 흘러간 것대로
그냥 두기
아름답게 보기

아니 추억하기
철저하게 추억하기
처음 잡았던 손의 따스함부터
그때 그 눈동자
아득한 절망까지
두 눈 뜨고 기억하기
지치도록 기억하기

그리하여
추억하지 말기
다시 생각하지 말기
흘러간 것은 흘러간 것대로
그냥 두기
흘러가는 것도 흘러가는 것대로
그냥 보기.

호반새는 가고

문득 어느 날
호반새는 가고
나는 남고

문득 어느 날 숲속에서
호반새 울음소리 사라지고
나는 남아

나의 여름은
또 그렇게 가 버렸는가

남쪽 열대 우림의
몸 붉은 새여

너는 가고
나는 남고
아니 내가 가고
네가 남았을까

사철 푸른 숲의
울음 붉은 새여.

눈물은 어디에 있을까

변화는 어디에 있을까
흰 종이는 입을 다물고
나는 어디에 있을까
어둠에 깊이 잠긴 숲
달리는 지하철에 나란히 앉은 얼굴들
스쳐 지나가는 환한 유리창

변화는 어디에 있을까
붉게 도드라진 입술
살아 숨쉬는 말은 어디에 있을까
아지랑이 피어오르는 땅의
향기는 어디에 있을까
노래하듯이 결단하는
나는 어디에 있을까

떠나가고 없는 것들이 말을 한다
아무도 떠나지 않았는데
강물처럼 목이 마른데
새벽 가로등은 입을 벌려 안개를 뿜어내고
이 외로움의 끝
변화는 어디에 있을까
눈물은 어디에 있을까.

빗속에 듣는 마하반야바라밀다심경

아무도 찾을 이 없어
적막하다
나 또한 애써 그리운 이 없어
적막하다

젓가락 없이 구 개월을 밥 먹은 적이 있다
독방에 들어갈 때 교도관이 숟가락밖에 주지 않았다
그래서 모두가 숟가락으로만 밥 먹는 줄 알았다
그러고는 익숙해져 아무 불편 없이 살다가
거의 나올 때쯤 우연히 다른 감방을 보니 젓가락을 쓰고 있어
나도 달랬더니 이제껏 뭐루 먹었느냐며 주었다
처음 며칠은 얼마나 신기하고 편한지 밥맛마저 새로웠다
그러고는 이내 익숙해져 아무것도 아니었다

그 젓가락이 다시 적막하다
이 저녁
밥을 기다리며
빗속에 듣는 마하반야바라밀다심경이
적막하다.

김진경

횟감은 신선도가 값이다
별빛 속에서 잠을 잤다
낙타
망월동에서 돌아오는 길, 눈오는 담양 들판에 내려앉던 까마귀떼를 생각하며
한강에 내리는 비
난초기
포장을 하며
프로메테우스의 시간
방죽이 울믄
낡은 시집
불알

횟감은 신선도가 값이다

여수에서 한밤중에
서울로 떠나는 자연산 도다리 수송차
물탱크에
상인들은 작은 상어를 집어 넣는다

도다리들은 상어 때문에 긴장하여
흐물흐물 늘어질 새가 없다
새벽 노량진 수산시장에 나가 보라
도다리는 바다에서 건져 올릴 때처럼
펄펄 뛰고 있다

북한 핵문제로 전쟁 가능성이 있다고
공습경보 사이렌이 울고
조용해진 거리의 건물 입구마다
우리는 적당한 공포로 숨죽였다
자연산 도다리처럼

횟감은 신선도가 값이다.

별빛 속에서 잠을 잤다

늦은 귀갓길에
바람이 앞산 숲을 우 — 우 한쪽으로 출렁이게 하고 있다
앞산이라야 도시 한가운데
올라가면 운동 시설도 있고
꼭대기서 나뭇가지 사이로 동네 집들이 삐죽삐죽 보이는
동작동 국립묘지에 붙어
겨우겨우 파헤쳐지기를 면한 야산

그래서 사람들이
사람에게 달린 부속물 정도로 여기고 지나치는
야산의 숲이 우 — 우 한쪽으로 출렁이고 있다
어두운 숲의 한끝에서
바람이 덮씌워진 비닐을 벗겨내듯
답답한 무언가의 귀퉁이를 뜯어
도시의 빌딩들 위로
하늘의 한끝까지 북— 찢어 나간다

뜯겨진 사이로
처음인 것처럼
환하게 빛나는 별 하나
별 하나로부터
하늘과 숲과 밤구름과 야산이

인간이 붙여 준 이름과 모든 것을 거부하고
나는 바람이 일으키는 혼돈 속에 흔쾌히 몸을 맡겼다

어머니의 어머니의 어머니이신
별 하나여 밤하늘이여 구름이여 숲이여
당신의 목소리를 다시 들을 수 있다면
이 오랜 인간의 습관으로부터 과감히 퇴행하리라
나는 지붕을 허물고
쏟아지는 별빛 속에서 잠을 잤다.

낙타

새벽이 가까이 오고 있다거나
그런 상투적인 이야기는 하지 않겠네
오히려 우리 앞에 펼쳐진
끝없는 사막을 묵묵히 가리키겠네
섣부른 위로의 말은 하지 않겠네
오히려 옛 문명의 폐허처럼
모래 구릉의 여기저기에
앙상히 남은 짐승의 유골을 보여 주겠네

때때로 만나는 오아시스를 이야기할 수도 있겠지
그러나 사막 건너의 푸른 들판을
이야기하진 않으리
자네가 절망의 마지막 벼랑에서
스스로 등에 거대한 육봉肉峰을 만들어 일어설 때까지
일어서 건조한 털을 부비며
뜨거운 햇빛 한가운데로 나설 때까지
묵묵히 자네가 절망하는 사막을 가리키겠네

낙타는 사막을 떠나지 않는다네
사막이 푸른 벌판으로 바뀔 때까지는
거대한 육봉 안에 푸른 벌판을 감추고
건조한 표정으로 사막을 걷는다네

사막 건너의 들판을 성급히 찾는 자들은
사막을 사막으로 버리고 떠나는 자

이제 자네 속의 사막을 거두어 내고
거대한 육봉을 만들어 일어서거나
자네가 고개 숙인 낙타의 겸손을 배운다면
비로소 들릴걸세
여기저기 자네의 곁을 걷고 있는 낙타의 방울 소리
자네가 꿈도 꿀 줄 모른다고 단념한
낙타의 육봉 깊숙이 푸른 벌판으로부터 울려 나와
모래에 뒤섞이는 낙타의 방울 소리.

망월동에서 돌아오는 길, 눈오는 담양 들판에 내려앉던 까마귀떼를 생각하며

담양
무릎까지 빠지는 흰 눈벌판
어스름녘
검은 헝겊 뭉치처럼
내려앉는 까마귀떼가 아름다웠던 적이 있다
죽음이 살아 있는 자를 깨끗하게 하던 때
눈 위의 얼룩처럼 우리는 묵묵히 걸었다
얼룩 같은 삶이 얼룩인 채로 부끄럽지 않아
까마귀떼는 아름다웠다

죽음이여, 담양의 흰 눈벌판 뒤에
그대로 남아 있으라
삶을 깨끗하게 하지 못하는 죽음은
이미 죽음이 아니다
빌린 아이를 업고 동냥하는 아낙네처럼
이제 삶이 죽음을 파는 때
죽음이여, 그 저잣거리에 있지 말아라.

한강에 내리는 비

—예외를 허용하지 않고 모든 것 위에 내리는 비는 아무것도 정복하지 않으면서 모든 것을 정복한다.

1

나이 먹을 줄 모르는 도시, 서울이 뱉어낸
시커멓게 죽은 정액이 한강에는 흐르고 있다
검은 강물 위로
검버섯 핀 늙은 재벌 회장의 얼굴과
늙지 않기 위한 그의 탐욕,
권력에 대한 본능과
늙지 않는 오만으로 무장된 정치가의 얼굴이
주간지의 표지처럼 흘러간다
나이 먹지 않는 이 도시에서
사람들은 쫓기고 있다
매일 아침 얼굴에 분장을 하고
있지도 않은 청춘을 불사르다
밤늦게 거울 앞에서 분장을 지우며
텅 비어 버린 자신에 소리 없이 운다
아니면 분장을 지울 사이도 없이 취해 잠들고
아침이면 지저분해진 분장 위에
다시 덧칠을 하고 나선다.

2

늙지 않는 도시에서
젊음은 늙지 않는 것들 앞에 무력하다
아버지 어머니 제발 빨리 늙어서
무덤 속으로 들어가세요
사람들도 드디어 그들이 버리는 쓰레기처럼
낡지 않은 채 버려지는 때가 오고 있어요
도대체 왜 썩기를 거부하지요
늙지 않는 것들은 끝없이 젊음을 산다
아들과 딸들은 쉽게 젊음을 포기하리라
늙지 않기 위해서
젊음을 빨리빨리 매각하거나
낭비하리라.

3

이 도시에서 제 얼굴을 가진 사람은
버려진 자들이다
청소부라든지 강변을 무료하게 서성이는 실업자들
구태여 고통이나 지루함 늙음을 숨기지 않는다

이 도시에서는 왜 고통에 속한 것들만
제 얼굴을 갖는가
아름다움이나 젊음에 속하는 것들은
왜 제 얼굴을 갖지 못하는가
누군가 키들키들 웃으며 대답한다
고통에 속한 것들은 상품이 될 수 없기 때문이다
아가야.

4

장엄한 진군이 시작되는 때가 있다
삼각산으로부터 남진하거나
관악으로부터 북진하는 폭우는
뿌연 비안개를 포연으로 흩뿌리며
서울의 모든 것 위로 진주해 온다
세상은 갑자기 난처해진다
분장한 얼굴들은 지워지는 게 싫어
유리문 안에서 서성거리고
네온사인은 비안개에 가려져 안타까워한다
이제 고통에 속한 것들의 시간이다
강가에는 모든 것을 쓸어 내려는 듯 흐르는 강물에 취해

샛강 동네의 아이와 어른들이 삼삼오오 시시덕거리고
분장한 얼굴들도 잠시 잊어버리고
물끄러미 강물이나 빗속을 응시한다.

5

강을 따라 올라가 보라
폭우는 혁명군처럼 명예롭게 철수하고 있다
강의 양쪽 깎아지른 산으로
폭우가 남긴 구름이
정복을 기념한 축포의 포연처럼 피어오르고
먹구름 사이로 드러난 햇빛에
떡갈나무들이 푸르게 환호한다
늙고 싶지 않으세요
썩어서 흙이 되고 싶지 않으세요
늙음으로 저 푸르름을 축복하고 싶지 않으세요
어머니 당신은
언제까지나 생산하지 못하는 결혼을 계속할 건가요
매춘의 세월이 너무도 길어
늙지도 못하고 요염하신 어머니
황톳빛으로 꿈틀거리며 흐르는 강물의 응얼거림이

물안개로 피어오른다.

난초기

첫딸을 낳고 주먹만 한 얼굴에 이목구비며 고물고물한 손가락이 하도 신기해서 생명의 뜻을 알아보리라 난초를 기른 적이 있다. 목숨만큼이나 까다롭다는 난이 한번 꽃을 피운 뒤로, 목숨이 어울리면서 무릎 깨지면서 무성해지는 것이지 싶어 나는 너를 잊었고 너는 나의 방에서 시들었다.

지난여름 이 땅의 어느 유배지에서 머리며 수염이 허옇게 자라고 얼굴이 그을린 채 김을 매고 있는 윤영규 선생을 만나 야생난을 한 그루 받았다. 선생들이 무슨 거창한 얘기보다도 환갑 가깝게 살아온 이야기 왜 거 있잖아 왜 딸을 많이 낳았는지 그런 얘기 하니까 좋아하구 힘나 하드만. 이윽한 눈길도 함께 담아 보낸 난초를 그러나 나는 다른 선생의 집에 놓아 두었다.

무슨 조직이며 운동이며 그런 것들로 머리가 번잡한 밤에 창밖의 어둠을 응시하노라면 문득 없는 듯이 진한 향기가 난다. 어울리며 무릎 깨지며 무성해지는 목숨의 깊이, 검게 그을린 얼굴과 허연 수염이며 머리칼 굳은살 박인 손바닥 깊이, 딱딱하고 치열한 것 같은 일과 일들의 깊이, 사람과 사람이 자신의 생애를 걸고 걸어간 발자국이 있고 그 무수한 세월로부터 없는 듯이 진한 향기가 난다.

사람과 사람의 사상이여, 난초여.

포장을 하며

유인물을 묶는다
수요일까지는 도착해야
현장에서 써먹을 수 있을 텐데
4만 5천 부를
150개 지회별로 나누어 세고 또 세고
포장지로 싸고 끈으로 묶고
꺼끌꺼끌한 눈꺼풀 속으로
훤히 날이 샌다

대단한 것 같은 인생이
살아 보면
장엄하지도
화려하지도 않듯이
운동이란 것도
해보면
장엄하지도
화려하지도 않고
견디며 살아가는 일상의 삶이다

그래도
여기 남아 있는 것은
너와 나를 잇는 가는 신뢰의 끈

한 올의 끈을 놓치지 않기 위해
한 장 한 장을 세고 또 세고
시간에 늦을까 안타까워하고

너와 나를 잇는 가는 끈들이
얽히고설키면
어린 시절 푸른 뽕잎에 매달린
신기하게 하얀 고치가 될까
혁명처럼
나비가 되어 날아오를까
그리운 이름처럼
주소를 찾아 붙인다.

프로메테우스의 시간
—복직하는 K에게

지금은 사람들이 깨어나
불을 훔치는 시간이다
부엌에서 아낙네들이 달그락거리며 가스불을 켜고
이미 속을 데운 이웃집 아저씨가
작업복을 입고 문을 나선다
새벽 자율학습에 가는 아이들이
파란 새벽 공기를 부수며 지나가고
신문배달부가 자전거의
달그락거리는 소리를 골목 여기저기에
굴려 놓고 간다

아무리 침묵해도
아무리 굴종해도
그들이 불을 훔치는 한 희망이 있다
사람이 절망하는 것은
모순을 느낄 때가 아니라
모순을 느낄 생활이 없을 때라는 것을
우리는 너무도 잘 알고 있다.

방죽이 울믄

방죽이 울믄
동네가 망헌다는디
방죽 한가운디서 웬 황소 울음여
복순이 애비가 배 타구 가 보니께
미국인가 워딘가에서 들여온 식용개구리였다믄서
그눔이 세살배기 애만은 혀갖고
웬 놈에 개구리가 뱀두 잡어먹구
쥐새끼두 잡어먹구
붕어두 잡어먹구
하여튼 그 많든 괴기가 씨가 말렀어
식용개구리 양식혀서
어느 눔이 먹넌지는 모르겄지만
도망나온 개구리 한 마리가
이 골짜기에 기는 것덜 씨를 말리니
그 양식장 울타리 헐어 버리믄
엄청나겄지야
그런디 요즘은 나랏것들이
개방인가 뭔가 요란을 떨더니만
양식장 울타리를 헐었다믄서
농사일이야 씨가 마른 지 오래여서
우리 겉은 늙은이 죽으믄 끝이지만
구멍가게루 미쟁이루

피곤허게 연명허넌 애비는 워떨지 모르겄어
물괴기가 읎어지믄 황새가 발을 못 붙인다는디
등쳐 먹을 백성이 읎어두
나랏것들은 성할 것 같은지 원.

낡은 시집

아버지가 일찍 돌아가셨다는 것밖에는
알지 못하는 그의 서가에는
낡은 시집이 한 권 있다
표지가 뜯긴 채 누렇게 변색된
그 시집은
아버지의 유일한 유물이었다 한다

갓난애기 때
외가의 호적으로 옮겨져
아버지의 이름도 알지 못하는 그는
어느 날 묵묵히 친구에게 시집을 내놓았다
시가 어떻소

귀한 시집이군
8·15 무렵 혁명 시인의 시집이지
소백산에 들어가 싸우다 죽었다지 아마
그는 말 한마디 없이 집을 나가 오래도록 돌아오지 않았다
소백산 어디쯤을 떠돌다 왔는지
40년 넘도록 입을 다문 외가 사람들을 만나고 왔는지

우리에겐 낡은 시집이 있다.
표지가 뜯긴 채 누렇게 변색된

시집의 페이지마다
바람이 불고 비가 내리고
우리에게서 우리에게로 유전되는 불꽃과 함성이
산을 넘는
그것이 그냥 낡은 시집일지
아니면 또 한 번의 혁명일지 알 수 없지만
우리에게 묻고 있다
그 낡은 시집은.

불알

간첩이라는 정씨와 목욕을 한다
교도관이 문밖에서 한눈을 파는 동안
우리는 모처럼
독방에서 벗어난 이 시간을 아끼고 싶다
뿌옇게 김이 서린 속에서
서로 불알을 내놓고 떠들기도 하고
늙은 정씨의 등을 밀어 주면서
죽은 아버지를 생각하기도 한다
정 선생님하고 처음 같이 목욕할 때 말예요
선생님 불알이 참 신기했어요.
무슨 또 실없는 소릴 할려고 그래
실없는 소리가 아니구요
제가 받은 교육이 그렇거든요
무의식적으로 선생님 같은 분은
사람이 아닌 딴 무엇으로 생각하게끔 말예요
무의식 속의 그런 것들을
떨쳐 버리지 못했던가 봐요
국가보안법으로 잡혀 왔으면서
참 우습지요.

최두석

대청봉 눈잣나무
임진적벽
박새 소리
얼음새꽃
소월에게
등나무 아래에서
동해 이심이
고온리 홰나무
갈밭논

대청봉 눈잣나무

힘내자
너그러워지자
온몸으로 말 건네는
대청봉 눈잣나무
된바람 칼바람
폭설의 눈보라에
고개 숙이고
엎드려 살아갈 생애이지만
여름 한 철
무릎으로 기어가
가슴으로 뿌리내리며
구부러진 온몸으로
힘내자 너그러워지자
나직이 말 건네는
대청봉 눈잣나무.

임진적벽

임진적벽 칠십 리
강이 깊어지듯
슬픔도 차라리 도도하게
깊어지거라 기원하며
몸을 씻나니
고랑포 흘러내리는 물로 경건히
가슴을 씻어
다시 휴전선으로 흘려 보내나니
슬픔이 깊어지듯
사랑도 깊어지거라 기원하며
암벽에 부딪쳐가는
강물과 함께
내 마음 흘려 보내나니
암벽에 부딪쳐 우는 울음의
하염없는 메아리를 듣나니.

박새 소리

휫추 쉿추 쉿추 휫추
도시 변두리 아파트 단지
물오른 쥐똥나무 울타리에서
짝짓기 하는 박새 소리
쉿추 휫추 휫추 쉿추
검은 부리 흰 볼 맞부비며
알뜰히 살뜰히 살림 차릴
딱따구리 구멍은 어디 있는지
딱따구리가 구멍 뚫는
아름드리 솔숲은 어디 있는지
해맑은 시냇물 소리
싱그런 솔바람 소리 아득하고
급기야 콘크리트 블록담
구멍난 틈새에서 간신히
알 품는 사연 눈에 밟히는데
휫추 쉿추 쉿추 휫추
꽃눈 부푸는
벚나무 가지 위로 날아가
짝짓기 하는 박새 소리.

얼음새꽃

쌓인 낙엽 뚫고
잔설에 볼 부비며
노랗게 고개 든 너를 보며
복내릴 복 자 장수할 수 자
복수초보다는
얼음새꽃이라 부르고 싶구나

이 땅의 아낙들이
이 땅의 어미들이 대대로
남편과 자식의 베갯모에
온갖 색실로 수놓은 글씨
복내릴 복 자 장수할 수 자
그걸 그 누가 마다하랴만

쌓인 낙엽 뚫고
잔설에 볼 부비는
앙증스러운 너에게
복수초는 너무 무거워
무거운 이름 못 견뎌 하는 너를 보며
그냥 얼음새꽃이라 부르고 싶구나

더욱이나 한라산 숲 속에서

너를 만난 뒤에는
제주도의 베개가 반 넘어 타버린
사삼 난리 때
유격대의 진지 이덕구 산전
움집터에서 너를 만난 뒤에는.

소월에게

이 아늑하게 따스한 햇살 속
금잔디 위에
흰 고무신 신고 나와 놀기를
도토리 움돋아 첫겨울 지낸
어린 떡갈나무 눈여겨보다가
바야흐로 벙그는 진달래 꽃망울에
그윽이 입맞추기를

온갖 나무들 물 마시는 소리
새잎 내미는 소리
환하게 들으며
아지랑이 가물대는 산길 따라
느긋이 사뿐히 걸어가기를
그냥 어미 잃은 멧새알 하나
이웃 멧새 둥지에 옮겨 넣기를.

등나무 아래에서

등나무여
내 마음에 뿌리 박고 자라거라
어설픈 분노와
섣부른 좌절의 나무 감아 올려
사랑의 넝쿨 벋어 올려라
더없이 여리고 부드럽다가
온몸을 뒤틀면서
굵어지고 단단해지는 사랑
사랑의 넝쿨 벋어 올려라

등나무여
내 마음에 뿌리 박고 자라거라
혼자서 외롭거든
스스로 가지를 나누어
서로서로 감아 올려 자라거라
무성한 사랑의 나무
그 그늘 아래 땀들이고 싶거니
내 달아 오른 그리움의 피 받아
자주 등꽃 피우거라.

동해 이심이

내 마음속 독도 앞바다
미역 숲에서
바위게와 숨바꼭질하는 이심이
소라 껍질 속에서 태어나
미역을 따먹으며 자라는 이심이

내 마음의 동화 속
천진한 장난꾸러기
이심이의 미역바다에 느닷없이
바위만 한 문어대왕 쳐들어오고
소꿉동무 바위게는 문어에게 잡아먹히고

상처 입고 미역바다를 떠난 이심이
나름으로 헤엄치고 나름으로 자맥질하니
어느새 형제 같은 물고기떼 만나고
함께 멸치떼를 쫓는 이심이
함께 청어떼를 쫓는 이심이

찬물 마시고 더운물 마시고
이제 청년인 이심이
늘상 뒤를 쫓는 청상어 물리치려
지느러미를 칼끝처럼 세우고

친구들과 함께 칼끝처럼 세우고

상어를 물리칠 때마다
새로 돋는 철갑 비늘
이마는 차돌처럼 단단해지고
이마의 비늘을 칼로 세워
문어대왕의 왕다리도 잘라내고

다시 찾은 독도 앞바다
상큼하게 비린 미역 향내 속
금빛 지느러미 샛별 눈빛
아가씨와 만나 황홀하게
혼례의 춤을 추고

천 년을 자란 산호 가지 끝
잠시 비치다 마는 햇살처럼
행복은 찬란히도 짧아
색시는 알을 낳고 기진해 죽고
색시가 남긴 진주만 바라보는 이심이

해맑은 샘물에 진주를 씻어
햇살에 비춰 보는 이심이

아무래도 바다를 떠나리라 작정하고
강물을 거슬러 오르는 이심이
금강산 옥류동을 거슬러 오르는 이심이

마침내 까마득한 폭포 위로 솟구쳐
아스라이 구름 위로 솟구쳐
내 마음의 동화 속에
용이 되어 날아 오른 이심이
진주 여의주를 물고 있는 이심이.

고온리 홰나무

오월 훈풍에
빈약하게 발목 언저리에
새잎 내민다고 흉보지 말게
나 이제 서서히
이승을 하직하는 중이네

새삼스레 나이가 몇이냐고
묻지 말게
몸 속 나이테 삭아 없어져
텅 빈 몸통의 빈자리만큼
지난 세월 이루 헤아릴 수 없네

생애의 기쁨이라면
시원히 서해 바다 굽어보며
가슴으로 갯바람 맞는 것이네
갯바람 타고 만선으로 돌아오는
고온리 어부들
길 안내 하는 것이네

고온리 마을
당나무다운 말씀이라고 말하지 말게
더불어 흥겨운 풍어제야

기껍고 기껍지마는
솔직히 내겐 풍어를 가져올
영험이 없네

무엇보다도 눈앞에서 뭉개지는
농섬이 말해 주질 않나
만약 내 뜻이 통할 수만 있다면
애꿎은 농섬에
폭격하고 폭격하는 미군 전투기들
가만두지 않을 것이네

실상 내 몸통에 모가지에
구멍 뚫린 건
애써 피눈물 참느라 속썩은 탓이네
내 몸에 박힌 유탄은 물론
심지어 아이 밴 아낙의 등에
폭탄이 박히는 꼴도 보았으니까

뚫린 몸통에
빗물이 들이친 지 수십 년
나 이제 영험은커녕
무성한 그늘조차 만들 수 없네

몸통 위 우듬지 위 까치집도
조만간 빈집이 될 것이네

대대로 농부이자 어부인
고온리 아낙들의 곡절
사내들의 사연 땅속 뿌리에 묻으며
이제 고사목 한 그루
석양에 긴 그림자 늘일 뿐

하지만 죽어서라도
기어이 볼 것이네
남의 땅에 멋대로 폭탄 퍼붓는
미군 전투기들 이 땅에서 사라져
고요한 푸른 하늘 되찾는 날을

그리고 유언이라면
행여 남의 군대 끌어들여
덕볼 생각 말라는 거네
운명처럼 이 언덕배기에 서서
청일전쟁 해전도 목격한 자의 말이네.

갈밭논

어린 날 거머리에
종아리깨나 뜯겼던
갈밭논에 와
늪과 논 사이에 펼쳐진
무성한 갈대밭 본다
진펄에 뿌리 박아 숲을 이루는
눈부시게 싱싱한 풍경을 본다
놀란 개구리 분주히 뛰고
풍경 속에 뛰어들어
갈뿌리 뽑아내고
황토흙 메워
논을 만들던 젊은 아버지의
억센 팔뚝 그려 본다
논과 갈숲 사이에서 벌어진
농부와 갈대의
질기고도 아름다운 싸움
이제 와 정녕
어느 누가 아랑곳이나 하랴
논둑의 쇠뜨기도 바랭이도
그저 모른다는 듯 우북하고
논고랑을 떠나
노가다로 날품 파는

늙은 아버지의
꺼부러진 어깨를 생각한다.

곽재구

수석가게 아낙
권력
자목련
은선리 3층 석탑 이야기
백산에 올라서면
찔레꽃
강
새

수석가게 아낙

백산면 소재지에 가면
작은 수석가게 하나 있지
깜장 고무신 신고
등에 아기 하나 업은
그 집 젊은 아낙네 바라보면 언제나
가슴 설레인다네

깜장 고무신 밖으로 드러난 발등이 들깨처럼 까아맣고
새야 새야 파랑새야
자장자장 불러 주는 전라도 사투리가 한없이 정다운
박수근의 그림에서 본 것 같은 그 아낙

갈재 넘어가는 봉준이네 병사들에게
하얀 주먹밥 소금에 꾹꾹 눌러 주는
아니면, 왠지 강진 귤동부락 갈대밭 숲에서
피투성이 남편을 끌어안고
절양絶陽을 울부짖고 있는 것만 같은
발등 까만 그 아낙.

권력

옛날에는
호박꽃도 아름다운 꽃이라고
말했던 친구가
패랭이꽃이나 민들레꽃도
진짜 아름다운 꽃이라고
말했던 친구가
갑자기 장미나 백합을 들먹이며
나머지 꽃들은 뽑아
없애라고 이야기했습니다
워커와 방패에 기름을 먹이며
자신이 끌려갔던 닭장차와
오랫동안 증오했던
최루탄발사기를 흐뭇하게 바라보며
아 참 단맛이구나
아 참 꿀맛이구나
적어도 5년은 그렇게
입맛을 쩝쩝일 것이었습니다.

자목련

서울하고도 종로 한복판에 자리한
조계사 총무원 건물은
다 아시다시피 5층 철근 콘크리트 건물입니다
1층 출입구는 교도소 철문보다 더 튼튼한
쇠문으로 가려 있구요
선방禪房 스님들은 이 건물 안에서 목련이 피는지
보리수나무가 썩는지 도무지 알 길 없습니다
이 집 주인 격인 총무원장 스님께서
80억 원인가 얼마인가 하는 돈을
정치하는 불쌍한 중생들에게 시주했다 혹은
안했다는 것이 그나마 알려진 내용인데요
내 친구 도각 스님은 그것이 사실인가
아닌가 밝히기 위해 총무원 건물을 사다리
타고 오르다 총무원 스님들이 쏘는 물대포를 맞고
그만 3층에서 떨어져 피곤죽이 되었습니다
지장보살
지장보살
비구니 스님들의 눈물 섞인 염불 뒤로
자목련 한 그루 꽃 피워 올렸습니다
방패에 찍히고 최루가스를 뒤집어쓴 채
그윽한 보랏빛 꽃 한 송이 피워 올렸습니다.

은선리 3층 석탑 이야기

은선리에 가면
한참 잘 자란 메밀꽃밭
한가운데 3층 석탑 하나 서 있지
이 세상에서 눈빛 제일 서늘하고
모가지 제일 긴 바람은
언제나 메밀꽃밭 가운데 살지
아는 사람은 다 그 사실을 알지
꽃멀미 어지러운 유채꽃밭은 아니고
산수유나 살구꽃 그리움은 더욱 아니고
핏빛 모가지 한없이 길어
백제적 구름까지 닿는 그 꽃밭 한가운데
3층 석탑 하나 서 있지

서기 660년
눈매 서글하고 모가지 긴
한 백제 가스나가
당나라 병사에 쫓겨
이 메밀꽃밭 가운데 들었지
그때도 바람이 심하게 불었지
키 큰 꽃대궁들이 바람에 흔들렸지
백제 가스나 끝내 붙들렸지
웃옷이 벗겨지고

큰 손아귀에 젖무덤이 붙들리고
바로 그때였지
한 신라 병사가 뒤쫓아와
당나라 병사의 허리를 창으로 꿰었지
너무 부끄러워 백제 가스나
고마워요라고도 말하지 못했지
그런데, 그런데, 그게 아니었지
창 꿴 신라 병사
한 손으로 백제 가스나의 목을 누르고
다른 한 손으로 당나라 병사가 움켜 쥔 젖무덤을
더욱 모질게 쥐었지
다시 당나라 병사의 창이 오고
다시 신라 병사의 칼끝이 오고
메밀꽃밭은 피로 물들었지
옷 다 벗겨진 백제 가스나
끝내 숨져 한 송이 꽃으로 솟았지

은선리에 가면
한참 잘 자란 메밀꽃밭 가운데
3층 석탑 하나 서 있지
눈물 그렁그렁한 백제 가스나의 속살 같은
하늘빛을 이고

천년도 넘게 기다려 온
돌미륵 하나 서 있지.

백산에 올라서면

백산에 올라서면
바람의 나이가 보인다네

사기 밥그릇에 꾹꾹 눌러 담은 고봉밥 같은
그리운 조선의 가을 하늘

동학년 조병갑의 흉사쯤이사
오천년 조병갑들의 흉사쯤이사

에헤라 한 줌의 바람이려니
에헤라 한 올의 그리움이려니

죽창 들고 힘차게 달려 나아가는
아, 조선의 바람의 해맑은 나이가 보인다네.

찔레꽃
—승희를 생각하며

누이야,
산으로 가는 길에
찔레꽃 피었다

햇살
쏟아지는
황톳길 따라
흰 꽃잎들 바람에
춤추듯 떨어지고
네 살내음 꼬옥 닮은
꽃냄새도 십리길 자욱하고

누이야,
강으로 가는 길에
찔레꽃 피었다

맑은 여울
여울목 따라
물살들은 너의 눈빛
너의 목소리로 되살아나고
네가 떠난 세상의 모든 길들
강철의 바람으로 일어서는데

누이야,

온몸에

불꽃의 무지개를 걸고

하늘길 밟아 간 누이야.

강

내 가슴속
건너고 싶은 강
하나 있었네
오랜 싸움과 정처 없는
사랑의 탄식들을 데불고
인도물소처럼 첨벙첨벙
그 강 건너고 싶었네
들찔레꽃 향기를 좇아서
작은 나룻배처럼 흐르고 싶었네
흐르다가 세상 밖 어느 숲 모퉁이에
서러운 등불 하나 걸어 두고 싶었네.

새

라일락꽃 향기처럼
아름다운 추억이 늘 내 가슴속에
숨쉴 수 있기를
라일락꽃 향기처럼
아름다운 고통이 늘 내 가슴속에
빛날 수 있기를

해 저무는 날
새 한 마리
내 삶의 여울목에
뜨거운 노래 한 섬 부리고 갑니다.

박몽구

청계천에서
뒤로 걷는 아름다움
동숭동의 봄 1
동숭동의 봄 2
동숭동 연가
외포리에 가서
인왕산의 새
누가 남아 노래를 부르리
비디오의 땅 1
비디오의 땅 2

청계천에서

너무 멀리에서 찾지 마
가까운 데 있어
차고 긴 그림자만 드리운
세운상가 뒤편에 찾아오는 바람이 말했다
내장이 드러내진 컴퓨터며 콘덴서
코맹맹이 소리를 내는 전축
풀어진 여자의 치마끈처럼
헝클어진 화면을 보여 주는 비디오들이 말했다
지금은 이렇게 깨지고 모지라진 몸들이지만
한 줄기 따스한 입김만 불어넣어도
우리는 멋진 무대를 만들 수 있어
멋들어진 노래와 가슴을 적셔드는 노래로
너를 사로잡을 수 있어
한쪽만 보는 눈앞에
줄 서지 않는다고 버린 사람들 앞에
멋들어진 기계를 놔두고도
한 가지 노래밖에 부르지 못하는 사람들 앞에
알몸으로 누워서 손님을 기다리는 부속들이 말했다
언제까지나 이렇게 흩어져 있지는 않아
지금 부숴져 있는 몰골이
우리의 전부는 아니야
꽃샘바람에 실려 휘파람 소리를 내며

깨어진 음반이 말했다
지금 이대로가 우리의 끝이 아니야
언젠가 때깔 고운
노래 한 줄기로
너를 무너뜨릴 수 있어.

뒤로 걷는 아름다움

천년 내리 그리움 삭여 온
화순 도암 운주사 돌부처도
가려워 어깨를 들먹거리는
네 외사랑 가시내의 속눈썹을 풀어 놓은 듯
사방에서 날려오는 버들개지에 넋놓은 사람아
누더기도 비단으로 둔갑시키며
눈 못 뜨게 하는 꽃보라만 보지 말고
가려진 땅속의 뿌리에도 눈길을 주어라
아침마다 눈뜨면 따갑도록 밟히는
볼모들의 측은한 등에 손뼉을 치지 말고
숨어서 끈을 풀었다 놓았다 하는
무게 중심에도 마음을 주어라
한뼘 땅만 파 보아도
저 푸르름 몇 날을 끌고 갈 수 없이
썩은 뿌리에 늘어붙은 벌레들은 안녕한가
꼭꼭 숨은 이름들을 불러 보아라.
그날 아낌없이 거름이 되어진 이들
침묵 너머의 두루마리 말
오늘, 누구도 하지 않고
속이 빈 열매를 놓고 다투며
뒤로 걷는 게 더 아름다운 사람들
훠어이훠어이 꽃보라에 실어 보내며.

동숭동의 봄 1

봄비 질금질금 내리는 날
장충극장에서 스필버그의 「쉰들러 리스트」를 보았다
흠 하나 없이 말끔한 스크린 대신
세 시간 내내
내 깨진 가슴에서 질금질금 비가 내렸다
극장 밖으로 나오자마자
알몸으로 가스실에 끌려들어갔다가
샤워만 끝내고 나온 유태인 여자들처럼
막힌 속이 휑 뚫린 것만 같다

집으로 돌아오니
광주항쟁이 저문 다음
상무대에서 고문에 못 이겨 벽에 머리를 짓찧었던 영철이형이
정신병원을 전전하다 죽음을 목전에 두었다는 전언이다
요깃거리를 찾는 꼬르륵거리는 위를
냅다 인왕 쪽으로 던져 버렸다.

동숭동의 봄 2

서울의대 건너 옛 문리대 자리로 들어서는 길
파랑새극장 앞에 노란 개나리떼가 줄지어 서 있다
독한 사람 냄새에 떠밀려
훌쩍 떠 버린 종다리 대신
인형극을 보자고 늘어선 아이들이 재잘거리며
봄소식을 나르고 있다
파랑새극장 앞 활짝 웃는 개나리를 보고 있으면
매연으로 막힐 것 같던 숨이 트이고
무거워진 겉옷을 벗어 던지고 싶다
가슴을 열고 극장 안으로 막 들어서려는 나를
낙산을 내려오는 바람이
아서라 아서 막는다
향기 없는 개나리떼 한 자락만 밀쳐 내면
재개발로 헐어낸다 해도
오갈 데 없는 사람들의
죽인 울음소리 크게 들린다.

동숭동 연가

이젠 김지하가 친구들의 하숙집을 전전하던
하숙촌은 어디에도 없다
막걸리 한 됫박값 20원만 있으면
몇날며칠이고 대취할 수 있던
따스한 방도 없다
춥고 낡은 학림의 계단 대신
으리으리한 유리벽 저편에
먹음직스러운 빵과 켄터키 치킨과
둘만이 밀착시킬 수 있는
밀실의 노래방이 가득 차 있다.
세상은 많이 바뀌었다
굶고 다니는 시인은 어디에도 없고
굼벵이가 구물거리는 축축한 방도 없다
물질이 넘치고
어둠이 사라지고 번쩍거리는 세상에서
먹고 마실 것을 걱정하는
불쌍한 친구는 어디에도 없구나
하지만 친구야 마음이 추운 건 웬일이냐
나눌 것이 많아진 세상에서
우리는 속엣말 꺼내어 나누지 않고
몸으로만 부딪치고 웃는구나
가까운 데서 친구가 죽어 가도

눈 하나 깜짝 않고
오늘 저녁 테레비 프로에만 신경을 쓰는
너는 누구냐.

외포리에 가서

같은 하늘을 이고 이토록 다를까
흔들리지 않은 붓으로 칠한 듯
고운 황해의 놀이 타는 걸 보며
이복동생이 잘사는 형네 집
사립에 선 것처럼 목이 메인다
양자강 붉은 모래알을 품고
몇날며칠 불어제치는 황사바람인들
저 따스하게 젖어드는
파도를 어떻게 잠재우랴
인삼 막걸리로 객고를 푸는 나그네를 보며
웃고름이 헐거운 주모는
이 짓도 얼마 안 남았어요
내놓는 산낙지 접시 위에
바다가 뒤척인다
개펄 가득 노을을 짊어지고
뒤뚱거리는 게 가족들은
이제 공항이 들어서면 이사갈 집이 없단다
황금빛 놀 지기 전에
배낭 가득 들고
서울 가는 막차를 잡는다.

인왕산의 새

그 옛날 왕이 살던 집을 넘어보면
메어치는 곤장에 남아나는 엉덩이가 없었다는데
오늘은 청와대를 가리키며 삿대질해도
누가 하나 말리는 사람 없네
언제 호랑이가 나올지 모를
험한 산길은 사라지고
초소를 만드느라 닦아 놓은 계단을 따라
정상까지 갈 수 있으니
얼마나 편한 길이냐
허이허이 올라가는데
북쪽에서 날아온 인왕산 새 한 마리
험한 산길도 숲에 숨은 레이더도 막을 수 없이
날아다녔는데
달라진 게 무어냐고
재재거린다
사람 사는 법 제대로 보일 때까지
당연히 오를 길을 올랐을 뿐인데
새삼스레 놀랄 게 뭐 있느냐고
허공을 박차 오른다
돌뿌리 몇 개 파내 시멘트를 이기고
호랑이가 다니던 길에
철조망을 막아

허위허위 숨을 헐떡거리며 오르지 않아도 된다고
이렇게 편한 길 놔 두고
왜 그리 막았느냐고
청와대 분수 앞에서 찍은 기념 사진 자랑에
침이 마르는데
문득 산 아래에서
팔리지 않은 벼를 태우는 연기 자욱하여
인왕산 새의 갈 길을 막는다.

누가 남아 노래를 부르리

더 이상 지킬 둑이 없다고
더 이상 두려워해야 할 채찍이 없다고
와르르 흙더미처럼 무너진
농성장이 흩어진 뒤로
종이 위의 사진들만 밟힌다
긴 어둠 헤치고 해는 떴다는데
똥오줌 철철철 는개를 피우며 내리는
동숭동 낙산에는 비치지 않네
의자와 묶인 책을 던지고
더 이상 졸라맬 데가 없는
주머니를 던져
짓이겨진 청춘을 아낌없이 맡겨
가까스로 얻은 한 줄기 빛은
고루 나누어지고 있는가
바뀌었다고 바뀌었다고 떠들면서
어제의 동지들을 굳은 때처럼 걷어내고
제자리 지키기에 바쁜
너는 누구냐
다 함께 불러야 할 노래 들리지 않고
홀로 흥얼거리며
다시 깊고 넓은 밤 속으로
빨려들어가는 너는…….

비디오의 땅 1

폭염 속의 시간은 게 발자국처럼 느릿느릿하다. 벌써 몇 번이나 목욕탕에 들어갔다 나왔다 해도 기세가 꺾이기는커녕 엿가락처럼 늘어날 뿐이다. 이럴 때는 책 속에 희미하게 나 있는 길도 선반공들의 지문처럼 다 지워져 있기 십상이다. 굼뜬 시간의 꼬리에 찬물을 끼얹어 화들짝 깨어나 달아나게 하는 데는 비디오가 제격이다. 며칠 전 전자상가에서 얻어다 놓은 비디오 시디 목록을 훑어보다가 「아파치」란 게 얼른 눈에 들어왔다. 먼지를 후후 불어내고 시디롬에 「아파치」를 올려놓았다. 컴퓨터 화면이 열리자마자 흡사 물방개의 머리처럼 단단하게 생긴 헬리콥터가 요란한 소리를 내며 노을 저편 하늘에서 압도해 온다.

「늑대와 함께 춤을」이나 「모히칸족의 최후」에서 보듯 가련한 인디언이 눈 쌓인 계곡으로 마지막 보루를 옮기는 영화쯤으로 알았더니, 찔러도 피 한 방울 안 나올 만큼 독충처럼 무장한 헬리콥터라니.

한치의 오차도 없이 적의 심장에 내려 꽂히는 미사일이며 레이더도 거뜬히 피해 가는 아파치는 남미의 마약 소굴로 가더니, 마약 암거래꾼들의 소굴을 벌집처럼 쑤시고 만다. 해적왕처럼 생긴 놈을 박살내고, 농가의 헛간을 가장해 차린 필로폰 제조공장을 삽시간에 불태운다. 양민을 가장해 순박하게 웃는 처녀들에게도 차별을 두어서는 안돼 마구 기관총을 갈긴다. 오, 하느님 마약으로 처바른 적의 헬리콥터가 아파치를 끝까지 뒤쫓고, 오 하느님 아파치는 이대로 영영 절벽의 일부분이 되어가는가 하는 순간 그대로 수직으로 치솟는 장관을 보라. 텁수룩한 수염에 조종간을 잡고서 실실 웃던 적기의 조종사는 불꽃이 되어 떨어지고, 미국 가는 길에 패배는 없다. 한탕 멋지게 해치우고 돌아와 오늘 밤에는 허리가 잘록한 여자들과 실컷 출렁거려 보자.

아파치 편대는 태양을 등에 지고 돌아온다. 붉게 타는 노을 속에서 문득 한국 속에 들어 있는 미국을 읽는다. 미국 속에 하나도 들어 있지 않은 한국의 난쟁이들을 읽는다.

무엇이건 부수지 못할 것이 없고, 아무리 높고 험악한 산이라도 숨을 수 없다는 듯 꼬리를 흔들며 돌아오는 맹수 아파치 속에, 한줄기 사랑을 지키기 위해 매서운 추위를 모포 한 장으로 가린 채 더 깊은 산으로 들어가는 아파치의 슬픈 얼굴은 없다.

약한 것을 강하게 강한 것도 오징어 등뼈처럼 흐물흐물 주저앉게 만드는 마술의 끈이 노을 속으로 한없이 늘어뜨려진 것을 본 사람은 없다. 개미마저 멋지게 없애는 아파치의 활약에 멋진 박수를 보내며, 늪 같은 시간을 멋지게 흘려 보내며.

비디오의 땅 2

퇴근길에 용산전자상가에 들러 「유연실의 영상 고백」 비디오 CD를 한 장 사들고 들어왔다. 아내는 모처럼 일찍 들어온 남편이 대견하다는 듯 식탁이 비좁을 만큼 저녁상을 보아 왔다. 어쩔 것인가. 그런데 살집이 좋아 보이는 굴비에도 입맛을 돋우라고 올려진 오색 나물에도 침이 돌지 않음에랴. 숟가락을 드는 둥 마는 둥 내 방으로 달려가 처음 만난 여자를 만지듯 조심스럽게 포장을 뜯고 시디롬에 유연실의 벗은 몸을 올려놓았다. 세상은 참 많이도 바뀌었다. 볼펜을 꺾어 버리고 이사갈 때마다 남들이 다 부러워하는 보물이었던 타자기를 몰아내고, 안양 변두리 신도시의 좁은 방에 컴퓨터는 싱그러운 잎새와 시원한 바다를 펼쳐 준다. 철썩이는 파도 소리에 따라 여자는 벗는다. 물보다 희게 휘감기는 허리를 보며 숨을 죽인다. 아내는 칭얼대는 아이와 싸우며 열대야를 죽이느라 아무것도 돌아볼 틈이 없는 모양이다. 하지만 시시껄렁한 연속극도 곧 서울 하늘로 날아올 것 같은 북한 핵탄두도 내 푹 퍼진 엉덩이를 컴퓨터 앞에서 일으키지 못했다. 밤비는 철철 더운 김을 품은 채 내리고, 지금 빛나는 것이라곤 칠흑 같은 바다 한가운데서 여자가 홀가분하게 허물을 벗는 소리뿐 바닷물이 씻겨 간 모래판에 모로 누운 여자에게서 잠시도 눈을 뗄 수가 없다. 다시 밀려갔던 파도가 되돌아오기 시작하자 여자는 벌떡 일어서서 겨드랑이를 활짝 펴고 파도 갈기와 하나가 된다. 그렇지 그렇지 조금만 이쪽으로 틀어야지. 한껏 입을 벌린 바다에게만 너를 다 꺼

내 보이지 말고, 이쪽 좀 돌아봐야지. 그리고 부드러운 몸을 나눠 줘야지. 당신도 울고 있네요. 여자의 살 사이로 흐물거리는 모래밭에 나는 몇 번이나 몸을 비볐는지 모른다. 저토록 풀잎 같이 가는 여자가 바다를 온전히 가릴 수 있다는 건 얼마나 대단한 일인가. 얼마큼의 시간을 죽였을까. 그때 더워진 문을 밀고 들어온 것이 아무렇게나 머리를 헝클어뜨린 아내였다면 한껏 성이 난 파도는 낡고 보잘것없는 책들로 삐걱거리는 내 서재를 온통 물바다로 만들고 말았을지도 모를 일이다. 빼꼼히 열린 문틈 새로 눈이 맑은 내 아이가 얼굴을 내밀었다. 아무래도 여자의 하얀 배로도 다 가릴 수 없는 것이 이 세상에는 남아 있는 것일까. 마침 침침한 형광등 불빛을 받아 난반사되는 화면 위로 먼지를 뒤집어쓴 책 몇 권, 멈춰 서 있는 전철을 타려고 안간힘을 쓰는 사람들의 몸싸움 장면이 실린 신문 한 장이 비쳤다. 철모르는 아들을 서울로 보내 놓고 소주잔을 기울이는 아버지의 빛바랜 사진도 천장 가까이에서 더운 바람에 쿨럭거리고 있었다. 발 빠르게 바뀌고 있는 세상의 헐어빠진 옆구리를 들춰보고 있는 아이의 맑은 눈을 피할 수 없어 번쩍 안아들였다.

강
형
철
○

단장斷章 1
소격동에서
장물贓物 처리
아버님의 사랑 말씀 6
늘 사라지는 소설
포일리에서
독립공원
아현시장
거미줄
향일암에서

단장斷章 1

창공은 푸르고 집은 멀리 있다. 두고 온 세월을 찾아가면 누군들 가슴 한 번 쓰다듬지 않으랴. 새삼 세상에 머물러 헐거운 시간을 견딘다는 것이 슬프다. 대저 사랑으로 되지 않을 일이 무엇이랴 싶던 시절 풀숲에 두었던 첫사랑의 손스침 같은 수많은 사람들과의 만남과 헤어짐, 고사리로 양치식물로 낙엽 밑 물길 따라 실뿌리를 뻗는데 육탈의 물 저 혼자 황토흙 사이로 스미듯 나 또한 길 위에 서 있다.

나뭇잎을 뒤집으며 바람이 달려간다. 토끼풀 잔잔하게 머리를 숙이고 아주까리 잎 희번득한 이마가 빛을 낸다. 그렇게 살다가 사라지는 것. 얼마 전 세상을 떠난 친구의 술 취한 모습을 기억한다. 평생 대학교 정문 앞에 서 보는 것이 소원이다가 은행 대리로 생을 마친. 그러므로 바람이 끌고 우우 몰려가는 것은 대기가 아니다. 갈망과 애원 그리고 세상의 흙 위에 머물고 있는 거친 숨결들일 뿐.

소격동에서

경복궁 옆 옛날 수도통합병원 철망 사이에 넝쿨장미 목을 내밀고 무더기로 피어 나를 쳐다봅니다. 이십 년이 지났어도 여전합니다. 거기 길가 걸어가다 선홍빛 장미 넝쿨에 눈이 부시고 가슴이 답답하여 담장에 등을 대고 숨을 몰아쉬던 은행원 시절을 생각합니다. 도루묵 몇 마리와 새우 넣은 계란찜을 들고 문을 열던 하숙집 할머니. 밥상을 책상삼아 형광램프 아래 톨스토이 『인생독본』을 읽으며 인생은 성실한 자의 것이라는 말에 밑줄을 긋고 가슴 벅차던 날들.

이제 마흔 살, 대책 없는 내일 앞에 우두커니 서서 몇 올 남은 머리카락 들어올리며 어떻게 체면 차릴 궁리나 하다가 우연찮게 지나는 소격동 넝쿨장미 앞에서 다시 가슴이 더워집니다. 넝쿨장미 가시에 찔려도 피는 안 나올 것 같습니다.

장물臟物 처리

"5월에 날아든 의료보험 고지서를 받아 보고 깜짝 놀라 강사료 증빙 서류를 첨부해 조합으로 달려갔다. 6개월마다 발급되는 것이라 올해 것은 뗄 수가 없어 작년 것을 가지고 갔다. 미국 이민 가신 아버지 어머님 덕분으로 근 10년째 시간 강사를 하며 겨우 박사 과정을 수료한 남편은 친구들에게 얼굴을 들 수 없을 정도로 신세를 지며 생활을 해 왔다. 16,200원의 고지금액은 납부하기 힘들다. 그래서 내 사정을 설명하고 조정 신청을 하려고 갔던 것인데 담당하는 과장께서는 한쪽 다리를 의자 팔걸이에 걸친 채 찾아간 이유를 다 듣고서도 한참을 세워두었다. 마치 직장상사에게 훈계받는 기분이었고 위압적인 말투와 행동에 주눅이 들어서인지 얼굴이 빨갛게 되며 눈물이 줄줄 흘렀다. 마포구가 부촌이며 평균적인 보험료가 14,600원이라는 둥 나와는 상관없는 말만 하며 낼 수준이 안되면 마포구에 살지 말라는 투로 얘기하며 자신에게 시비 걸려고 왔느냐고 도리어 화를 냈다……"

일 년 반도 전의 어느 날, 분해 죽겠다고, 어떻게 해보라고, 초를 잡았으니 고쳐서 신문에 투고해 혼내 주라는 아내의 신문 독자투고 시안을 들고 얼굴 벌개져서 장물처럼 황급히 감춰 두었는데 낡은 책을 뒤적이다 그것을 발견하고 독자투고 시안이 아니라 내 인생을 어떻게 교정하여야 좋을지 몰라 창 밖 매미 소리만 듣는다.

아버님의 사랑 말씀 6

현철이 너 이놈으 자식 앉아 봐 아버지는 방바닥을 손바닥으로 내려치면서 말씀하셨습니다. 내가 여그도 못살고 저그도 못살고 오막살이 이 찌그러진 집 한 칸 지니고 사는디 넘으 집 칙간 청소하고 돈 십오만 원 받아각고 사는디 뭐 집을 잽혀야 쓰겄다고 아나 여기 있다 문서 하고 도장 있응께 니 맘대로 혀 봐라 이 순 싸가지 없는 새꺄. 아 내가 언제 너더러 용돈 한푼 달라고 혔냐 돈을 꿔달라고 혔냐 그저 몇 날 안 남은 거 숨이나 깔딱깔딱 쉬고 사는디 왜 날 못살게 구느냔 말여 왜! 왜! 왜! 아버지 지가 오죽허면 그러겄습니까 이번만 어떻게…… 뭐 오죽하면 그러겄냐고 아 그렇게 여기 있단 말여 니 맘대로 삶아 먹든지 고아 먹든지 허란 말여 에라이 순……

그날 은행에 가서 손도장을 눌러 본인확인란을 채우고 돌아오는 길에 말씀하셨습니다. 현철아 아침에 막걸리 한 잔 먹고 헌 말은 잊어버려라 너도 알다시피 나도 애상바쳐 죽겄다 그려서 니가 어떻게 돈을 좀 애껴 쓰고 무서운 줄 알라고 헌 소링게……

늘 사라지는 소설

옥수숫대 옆구리에서 잘 여문 놈을 뜯어 평상 위에 쌓아 두고 껍데기와 수염을 뜯으며 아버지는 늘 쓰다 마는 소설을 쓴다. 머슴살이 몇 년 쥐구멍의 나락처럼 새경을 모아 고라실 논을 사고 어우리 짓던 쥔 양반의 식모와 눈이 맞아 찬물 한 대접에 맞절로 시작되는 하꼬방 살림. 한겨울 꽁꽁 언 불알을 손으로 부비며 넘의 집 똥지게를 지면서 징용 갔다 돌아온 형님 장가 밑천 댄 얘기…….

종횡무진 왔다갔다 하는 이야기 사이로 모기는 종아리를 물어뜯는다. 아버지는 부채로 두어 번 때린 뒤 모깃불 속에 이야기를 다시 쓴다. 거머리가 시커멓게 붙어도 못줄을 놓치지 않으려고 손톱 빠지도록 모심던 얘기, 등짐 지다 지게발이 부러져 꺼꾸러진 얘기, 물 대다 홧병으로 나자빠져 공동산에 묻힌 이웃집 아저씨 이야기, 농약 주다 거품 물고 쓰러졌을 때 논둑에 심은 고춧모에 주렁주렁 달린 고추가 먼저 보이던 얘기. 그러다가 갑자기 현실의 새끼들 살림살이로 돌아와 느그들 정신차려라 한마디쯤 하실 때 이미 씌어진 이야기들은 교정 부호도 없이 하늘의 별을 향해 쏜살같이 달려간다. 텃밭 옥수숫대 옆구리에선 옥수수 몸을 뒤틀며 익어 가고.

포일리에서
—황석영님께

형을 면회할 때면
내가 형을 만나러 온 것인지
형이 저를 만나러 오신 것인지
자꾸 헷갈려 웃음이 나옵니다

오른손인지 왼손인지 힘을 주어 뻗다가
얼굴을 붉히고 느닷없이 껄껄껄 웃으며
예전 형님으로 돌아오는 모습
예나 지금이나 전혀 변하지 않았습니다

면회실 투명 유리 구멍 몇 개 사이로
지나간 5년 국가 보안의 세월이
어수룩한 말과 함께 들락이고
마포 철길 옆 '정집' 마담의
「만년필 하나」 구성진 노랫가락에
탁자를 두드려 흥을 돋우던
형의 웃음소리가
잔뜩 흐린 포일리 산 몇 번지에 걸려
넘어졌다 불뚝 일어서서 달려옵니다

하얀 옷의 수인이 된 형은 여전한데
생선살 튀김, 무말랭이, 조미 멸치, 고추 참치

김, 오징어젓, 봉다리 봉다리 사식을 차입하며
형의 건강을 비는 정 많은 사무국장 이승철 옆에서
나는 아무 말 생각이 안 나
그저 빙긋이 웃다 남태령 넘어옵니다.

독립공원

서대문 형무소라는 이름을 지우고 독립공원이란 이름으로 펼쳐진 공원을 늙은이의 피부 같은 쭉나무가 고개를 비쭉 내밀고 내려다보고 있다. 군데군데 헐어 있는 붉은 벽돌의 옥사. 이제는 푸른 잔디에 곱게 쌓여 있는 사형장 옆의 시멘트 굴, 언덕 밑으로 허름하게 드러나 있는 시멘트 야외 목욕탕 그 옆의 씀바귀 개망초 모두 무사하다. 버드나무 낭창하게 늘어진 주인 없는 지붕 아래에 비둘기는 따뜻한 알을 낳고 계호자 없이 세탁 세면 엄금이라는 돌 위에 새겨진 글씨가 가로세로 둘러쳐진 철파이프 넘어 계호자 없이도 남아 있다.

누가 여기서 죽어 갔을까 누가 여기서 머리를 짓찧으며 적벽돌 금가게 했을까라는 어수룩한 질문은 졸졸 흐르는 잡풀 더미 속 도랑물 개구리 한 마리로 뛰어오르지만, 이제는 깨끗하게 단장된 연인들의 은밀한 데이트 코스인 공원은 끝내 입을 다물고 사형장 잠긴 열쇠는 끝내 풀릴 줄 모른다. 지붕 아래 화기단속 책임자 정·부 표지판만 실밥처럼 터지는 페인트 글씨로 남아 며칠 전의 호외 찢겨진 신문과 함께 독립공원 이름을 지키고.

아현시장

아현시장에 오면 즐겁다
가게와 가게 사이 둘러쳐진 비니루에
이따금 머리카락이 스치는 기분도 기분이지만
싸구려로 쌓아 놓은 스타킹 내복 양말
어물전 앞에서 세상을 향해 배꼽 내놓은
고등어 꽁치 생태
그 옆의 도미 조기 맛 놓어 임연수어 계통 없는
집합이 즐겁고
평생 고추나 빻는 일만 할 것 같은 방앗간
기계 사이 낀 고춧가루 털어내는 막대기 소리도 즐겁다

모가지가 잘렸어도 가부좌로 태평한 닭의 종아리
조그만 됫박 위 마른 다리 서로 엮으며
궁지의 잡담을 늘어놓고 있는 마른 멸치
플라스틱 바가지로 쏟아져 내리는 어묵 덩어리
그 무수한 엇갈림이 좋다

엊그제 사 간 옷을 바꾸러 왔다가
싸움으로 번진 옷가게는 시끄럽고
합성고무 함지에서 미꾸라지가 일으키는 구정물도 신난다
시장 입구 한쪽에선
삼십 년째 빈대떡을 뒤집는 할머니

풋고추 성성 썰어 간장통을 채우며
늘 처음처럼 잔치를 준비하고.

거미줄

남산
케이블 카
외줄 붙들고
벌벌 기어 올라간다

줄 놓치면 세상이 끝날라

밥아 주걱에 달라붙은
밥알 몇 개야

남산 케이블 카
기어 올라가는 외줄

빈집 헛청 갈퀴 끝
가로질러 빛나는
한 줄 거미줄의 눈부심.

향일암에서

밑변 없는 삼각형을 이끌고
거룻배 한 척 천천히
다도해로 숨고 있다

향일암 동박새 우두커니 바라보다
염불하는 스님 무릎 앞에 달려가 고자질한다
틀림없다고, 동백꽃 함부로 짓밟고
훔쳐 간 것이 엊그제 태풍이 아니고
섬으로 끌려가는 저 거룻배라고

향일암 받치고 있는 커다란 바위
등성이로 넘어온 노을에 앞가리마 타며
껄껄 웃는다
돌산 앞바다 부표 머리께로
바람은 기어 올라갔다 뒤집어지고.

나종영

다시 오월에
말바우시장의 봄
동백꽃 숲속에 와서
못
백목련
백두산 들꽃
물봉숭아
각시붕어

다시 오월에

너 소리 없이 스러진 극락강 빈 들녘에
연보랏빛 자운영꽃 무더기로 피고
오늘은 봄비가 내리는구나
그날 숯불 같은 따스운 마음으로
거리에 섰던 사람들
어디론가 사라지고
나는 오늘 너와 함께
아픈 어깨를 감싸며 건넜던 강가에 나가
다시는 돌아올 수 없는 네 얼굴을
강물에 그리는구나
눈시울 붉히며 서 있는 강기슭 저만큼
가슴 철렁인 듯 숨죽이며
파르르 피어나는 풀꽃 한 떨기,
나는 무심히 돌을 던져
강물 위에 물수제비를 뜨는구나
아 저렇게 스러져 가는 작은 것들 속에
새 생명이 끈질기게 솟아나는 것을
너는 오늘도 저문 강가에 나와
잠이 든 우리를 깨우치는구나
들꽃송이 강물에 지듯 세월은 흘러가고
그날 불꽃처럼 일어섰던 사람들
오늘은 노을빛 자운영꽃으로 피어나는구나

그 봄날 숯불처럼 눈을 뜨던 마을들
별빛 아래 집집마다 꽃등이 켜지고
강물 따라 먼 길
오월 그 거리에 또 봄비가 내리는구나.

말바우시장의 봄

아내는 아침 쑥국을 끓였다
봄푸새 나물국에는 겨울보리 몇 잎사귀
뜯어 넣는 게 우리네 된장맛이라는 내 지청구에
아내는 봄동이 배추를 무치며 그냥 웃고
창 밖 백목련 꽃눈 위에 봄비가 내렸다
아내는 새벽 말바우시장에서 보았을 것이다
봄비가 내리지 않아도 남녘땅에 봄은 오고
말바우시장 탱자나무 울타리 밑에
쭈그리고 앉아 냉이 너더댓 묶음
마른 고은대 알토란 몇 움큼 돈 사려 나온
버드실 아짐의 깊은 주름과 뜨거운 눈시울을
봄이 오면 어김없이 창포꽃 칼날처럼 솟아나도
이 땅의 쑥부쟁이 씀바귀 가슴 맺힌 그리움 하나
적시지 못하는 봄비는 알까
오늘도 십 년이 넘게 도떼기 시장 빈터에 나와
열두살 돌아오지 않는 외아들 기다리며
끝내는 술취해 푸성귀 베고 잠이 든 버드실 아짐
흰 수건 머리 위로 봄비는 내리고
저 멀리 무등산이 보이는 언덕배기 낮은 집
아내는 사랑을 담아 아침 쑥국을 끓였다
탱자나무 울타리 일어서는 한 조각 봄볕을 위하여.

동백꽃 숲속에 서서

— 남주 시인에게

사람들은 안다 동백꽃 숲속에 가면
겨울 시린 눈바람에
동백꽃 붉은 꽃잎 떨어져
무엇이 되는가를

사람들은 안다 동백꽃 숲속에 서면
바닷새 울음소리 끝에
무엇이 남아 핏빛 불꽃으로 피어나는가를

이 세상 아름다운 나라
꿈을 그리던 시인이 쓰러지던 날
이 세상 순결한 나라
세우고 싶었던 가슴 뜨거운 전사가 스러지던 날
이 땅엔 죽음보다 깊은 폭설이 내리고

사람들은 울었다
울음 끝에 가까스로 남아 있는
불씨에 매달려 울고 또 울었다
붉은 동백꽃잎 소리 없이 지고

사람들은 보았다 별 하나
지상의 큰 별 하나 떨어져

먼 하늘 어둠의 나라로 스러져 가는 것을

별 하나 지고 동백꽃 피고
또 별 하나, 사람이 죽고 죽어
동백꽃 붉은 꽃잎 무더기로 피어나는 것을
사람들은 보았다
멀리 봄이 오는 겨울 바다
찬 별빛 쏟아지는 동백꽃 숲속에 서서.

못

누구인가 고운 바람결
버들개지 움트는 봄 들판에
처음으로 벽을 세운 사람은

누구인가 진달래 산천
햇살 내리비추이는 땅 위에
보드라운 흙 볼 부비는 그 얼굴 위에
돌벽을 세워
양지쪽 저 끝 응달을 만든 사람은

누구인가 물 흐르고
꽃 피고 새 지저귀는 아름다운 이 강산에
두 겹 세 겹 철조망을 치고
콘크리트 철벽에 밤낮으로
쾅쾅 쇠못을 내리찍는 자는

손끝 다다를 수 없는 어두운 방구석
무엇인가 털끝 같은 욕심 한 점
눈앞에 걸어 두기 위하여
하얀 종이벽 위에
이 세상 맨 처음으로 못을 박은 사람은
누구인가 누구인가.

백목련

너는 내가 눈빛을 주기도 전에
한 송이 꽃으로 피어 있다
이 세상의 아픔이 너무 깊었으므로
밤새워 한 줄의 시를 쓰지 못하고
그리움의 촛불 하나 몸을 떠는 새벽
봄비가 꽃눈 위에 내리기도 전에
너는 한 송이 꽃으로 피어 있다
이 세상 아무도 보지 않는
깊고 고요한 시간에 너는 피어났을까
이 세상 흐린 하늘가 지친 새 한 마리
가슴 위에 봄비는 내리고
햇새벽 정결한 몸짓으로 너는 깨어났을까
우리 모두의 마음이 가난하므로
잠을 이루지 못하고 뒤척이는 밤
너는 누군가 손길이 닿기도 전에
이미 한 떨기 꽃잎으로 피어 있다.

백두산 들꽃

해 뜨는 백두산에 꽃이 피었네
송이풀 구름국화 구절초 술패랭이
천지의 맑은 물 꽃눈 바람 소리에
사람이 그리워 피어 있네

울 엄니 눈물 어린 밥풀꽃도 피고
술 취한 울아버지 속 푸시던 두메쑥도 피었네
내 사랑 얼굴 붉힌 꽃버들도 피어나고
무등산 억새풀꽃 지리산 쑥부쟁이
통일이 그리워 피어 있네
해방이 그리워 피어 있네

백두산 들꽃 보러 백두산에 못 가고
백두산 들꽃 보러 철조망도 못 넘고
맨가슴 꽃산 넘어 형제들도 못 만나고

그리움 흐르는 언 강가에 서서
눈시울 적시며 서성이는 사람들을 보네
새벽빛 손 뻗치며 바위틈에 일어서는
이 땅의 들꽃송이 바라보네.

물봉숭아

술고래 울 아버지 술심부름 갔었지
싸리울 따라 누가 볼까
술주전자 사알짝 입에 대다가
감나무집 셋째딸 단발머리에게 들켰었지
읍내 시장통 요꼬학원에 마실을 다녀오다가
건들바람에 소나기를 맞았는지
물기 젖은 세라복 가슴이 부풀고
가을 찬비에 맴생이는 안 몰아가고
웬 뚱딴지 시러베 물주전자냐고
눈흘기는 볼우물에 싸리꽃 단내음이 풍겨 나왔지
풋사과 엉덩이 살랑살랑 흔들고 가는 열여섯 촌가시내
뒷모습에 가슴이 두근두근 누가 볼까
남몰래 쓴 마름모 꽃엽서 만지작거리다
목울대 치밀어오는 뜨거운 것 참지 못해
울 아버지 술주전자 벌컥벌컥 들이켜 버렸지
연분홍 물봉숭아 앵돌은 꽃봉오리
눈앞에 아른거려 나도 몰래
물 젖은 길섶에 벌러덩 누워 버렸지.

각시붕어

그날 물풀 하늘거리는 개울가
꽃부들 개구리밥 물질경이 헤치며
참붕어 각시붕어 손뜰채로 건져 올리던 날
저녁찬거리 넉넉히 되겠구나
들일 나가는 동네 어른들 눈치레 고갯짓에
해넘는 줄 모르고 둘이서
온종일 뙤약볕에 물텀벙질 하던 날

쑥갓 상치 참기름에 열무김치 비벼
시렁 위에 꽁보리밥 한 소쿠리
바닥내고 올챙이배 움켜쥔 채
읍내 보건소에 동동동 실려 가던 날
노오란 하늘 뒤집힌 눈자위 너머
애기메꽃 빙시레 웃어도 마냥 좋았던 날

그날 둘이서 배 터져라 먹었던
꽁보리밥 한 소쿠리 구수한 맛
아직도 입안에 가득한데
흐린 강물 따라 흘러갔나 내 열한 살 시절
양 볼때기 버짐꽃 피어 통마늘로 문지르던 얼굴들
지금은 어디 갔나

맑은 개울가 책보따리 풀어 놓고
함께 놀던 버들치 버들붕어 피라미 모래무지
달개비잎 띄워 놓은 아기 연못가 손 모아 불렀던
물방개 소금쟁이 꽃새우 송사리떼
모두 다 어디 갔나

물잠자리 날던 물수세미 물풀 사이
무지갯빛 수놓으며 내 마음 훔쳐 간
내 사랑 각시붕어 한 마리
그날 저 너머 보리밭 강 건너 하늘 멀리
포롱포롱 쇠종다리 날으던
내 마음 깨끗한 날

나해철

천연덕스러운 생
내 마음 식은 재와 같이
코스모스와 지뢰
이인모의 사진
검은 꽃
너의 병 나의 병
하이에나
노을
단풍
내 마음의 가을

천연덕스러운 생

구멍 숭숭 뚫린
속눈썹 사이로 늦가을 햇빛이 걸어온다
나뭇잎들은 눈시울에서 떨어지고
무엇을 말하려는 듯 늦가을 길도
구부정하게 허리를 구부리며 온다
소리 하나 닫힌 귀를 텅텅 울리며
하늘 끝을 넘어간다
입안의 혀는 어느새 얼어서
입술은 겨울 호수의 가장자리처럼 차다

사랑하는 이여
열매를 떨구는 나무도 저 꽃도
봄이 오면 다시 그것을 맺나니
그대를 떠나보내는 나는
꽃보다 나무보다 못해
약속조차 나눌 수 없어라
천연덕스럽구나
내 생이여

내 마음 식은 재와 같이

먼 곳에 별이 있다
몸이 차다
가까이 아무것도 없다
얼음이 된 내 몸만 있다
아프다 누군가 날 보고 그 먼 곳에 있다고 한다
나는 별일까
별은 아파서 밤에만 운다는데
나는 정말 어둠 속에서 혼자 반짝거리고 있는 것일까
살아서 차가워진 것일까
홀로 된 것일까
아무도 보이지 않는다
아주 먼 곳까지 와 버렸다
아프다
마음이 식은 재와 같으면 반짝거린다는데
내 마음 재 식었다

코스모스와 지뢰

지뢰 표지판이 걸린 길가에
맑은 얼굴 하늘거리며
코스모스가 피었다
아이들도 같이 간
휴전선 탐방길
멀리 어슴푸레 개성 시가지도 보이고
남쪽 북쪽 정치가들이 쳐 놓은 철조망도
선명한 곳에
애들을 데리고 가다니
잘못했다
앞으로 어린 이 애들이
예쁜 꽃 코스모스를 볼 때마다
그 곁에 달랑거리던 지뢰 표지판을
떠올리기도 할 텐데
코스모스와 지뢰가 함께 섞여서
거기 있는 걸 보여 준
아빠는 이번에도 잘못했다

이인모의 사진

이인모 노인이 들여다보는
사진 속의 여인이 안경을 썼다
큰 눈이
맑고 서늘해서 노인의 고향에도
안경이 있나 하는 생각이
엉뚱하게 솟아난다
노인이 50년 만에—솔베이지처럼—고향에 돌아가면
그 안경이 젖을 것이다
젖어 가슴 위로 흘러내릴 것이다

검은 꽃

세상에 검은 꽃은 없습니다
누군가를 사랑하는 여인이 피워낸다면 모를까
'수자'는 함께 갇힌 남편 윤이상에게
검은 머리칼을 끊어
꽃을 만들어 보냈습니다
그 순간 '간첩' 윤이상의 가슴에서
검은 꽃은 피어 슬픔의 선율 속을
흔들렸습니다
나라의 통일을 노래한 예술가가
아내와 함께 묶인 채 생일을 맞이한
분단 조국의 감옥 속에
세상에 없는 검은 꽃이 피어
서러움 속에 아름다웠습니다

너의 병 나의 병

남한에서 서른아홉 해를 살았다
불구가 되었다
남이나 북이나
한 집이 두 살림 차려
원수 되어 살았으니
건강한 이 있으리
형제와 적 되어 긴 세월 보냈으니
정신인들 온전하리
갈라진 남북이
온갖 거짓과 갖은 핑계로
사람들을 모질게 내몰아서
너나 할 것 없이 상처를 안고 살았다
앞만 보고 달려
이제 눈마저 흐려져
인정 어린 아름다운
세상이 안 보일 것도 같다
서른아홉 해를 남에서 살았다
북에서 살아도 마찬가지
너의 병이 나의 병이다

하이에나

우리 속의 하이에나를 보면
동물원 철창이 거울 같다
작은 눈, 작은 키, 긴 주둥이
무릎을 꺾고 양손을 내리고
네 발로 서 보면 영낙없이
거기 그 얼굴이 있다
하이에나는 살기 위해
썩은 고기를 먹는다
그렇게 하지 않아도 굶지는 않을 텐데
때로 혹은 언제나 나는
먹이를 찾아서
그 뒤를 쫓아 달린다
작은 눈, 작은 키, 긴 주둥이로

노을

서울의 하늘을 향해 머리를
꼿꼿이 세운다
이마가 깨졌나
폐수에 절은 드럼통 같던
하늘이 빨갛다

아아 얼마 만인가
눈시울에 저녁 하늘이 머물기를
마음도 둘 곳 없어
어둑어둑해지는데
서울 하늘이 한 대 때려
눈앞이 다 붉다

단풍

생의 나뭇가지에
한 장 사랑이 매달려 단풍 들었다
찬란한 것이
채 지기도 전에
흰 눈에 덮인다
아 추워라
사랑이여

아직 뜨거운 여름이어서 붉지나 말든지
단풍 들었으면 곱게 불타다 지기나 한 후에
눈에 쌓일 것이지
곱디 고운 산
곧은 나무 위의 예쁘디예쁜 얼굴 하나
지금 눈에 갇혔다

내 마음의 가을

붉은 단풍잎처럼 얇아서
디뎌 밟으면
바스라질 무엇이 거기 있다
그때쯤이면
꼭 무엇이든가 디뎌 밟으며
떠나는 것이 있다
나이가 들어간다는 것은 이런 것을
견디어낸다는 것일까
견디어낼수록
그렇게 되어가는 것일까
요즈음 며칠에
십 년이 늙었다
고개를 숙이면
단풍 든 이파리가 아주 말라서
바스라지는 소리가 들린다.

고광헌。

도봉산
지금도 힘이 되는 옛 추억
불망기
겨울나무
그런 꼬라지가 될 바엔 차라리 통일 안 했으면 좋겠다
무국적 한국인
낫
어느 봄날
가을
일회용 카메라로 찰칵 사진 박아 주고 싶네
어느새 축복이 발목까지 덮어 주시네

도봉산

평생 잔정만 주다가 이젠 너무 늙었다
관절 마디마디
툭툭 불거지는 소리 가득하다
웃음 반 울음 반 뭉쳐 들고
내 발치 아래 달려온 것들
번듯하게 위로해 보지 못한 세월인데
그저 큰 소리나 한 번 지르고
돌려보낸 세월인데
오늘
또 한 차례 흥건한 놀이판 벌이겠다니
차라리 나도 달려가 어울리고 싶구나
나도 한 번쯤 위로 받고 싶구나

지금도 힘이 되는 옛 추억
—성규에게

가난이 삶을 슬픔으로 채우다니
안될 말
낡은 합숙소 비 새는 지붕이
결코 우릴 상심에 빠뜨리지 못했듯이
잘 익은 얼굴들
유복한 책읽기 역시
널 부러움에 한눈팔지 못하게 했지
가난은 언제나 침묵해야 할 금기일 뿐
거품 물고 쓰러지던 너에게 늘 패하곤 했지

낡은 합숙소, 비 새는 네 방이
왜 비애라는 거야
비가 샌 지붕의 기왓장 틈새로 제법 많은 흙먼지들이 모여
새끼 오동들을 쑥쑥 밀어 올릴 때
넌 치기만만한 서정시들을 쑥쑥 밀어 올렸지 않니

일백구십 센티 깡말랐던 너
고아처럼 혼자 졸업식장을 찾았을 때처럼
마흔이 된 지금도 넌
내 가슴속 눈물이야
슬픔이 힘이 되는 옛 추억이야

불망기

쇠고기를 안주삼아 포식을 하는데
문득
이십삼사 년 전 서울 성북구 성북동 산 일번지
여름 대낮 시멘트 코트 위를 달리던
마른버짐 핀 소년이 철판 위를 달린다

검은 코트 위로 쏟아지는 불의 폭포
팽팽하게 달아 오른 철판 위를 달리던
깡마른 고깃덩어리들 입안에 씹힌다
목구멍 깊숙이
소주 반 울음 반 삼킨다

눈앞에 피어오르는 허기는
꼭 햇빛 때문만이었을까
버짐꽃 가득 핀 얼굴
맹물로 홀대 한 위장 탓이리라
용서하라 프로이드식 착각에서
해방되지 못한 내 식도와 위장과 융털돌기들
그곳에서 삶에 이르는 길을 훔쳤느니라

옛 그림자 훔쳐보니 또 힘나는구나

겨울나무

이십오 년 싸움질 서울살이에
항복문서를 내려던 그 겨울
내가 다니던 소성국민학교 남성분교엘 갔더니
야외수업 할 때 햇빛 받쳐 주던
키 큰 플라타너스 나무가
날 보자마자
비쩍 마른 두 손
번쩍번쩍 쳐들고
"항복" "항복" 했다고 외친다

가진 것 다 벗어 던지고
알몸으로 그 곁에 서서
봄 올 때까지
벌을 받고 싶었다

그런 꼬라지가 될 바엔 차라리 통일 안 했으면 좋겠다*

가령,
서울서 아침 먹고 금강산 구경한 뒤
점심 먹고
저녁은 대동강변 옥류관에서
먹을 수 있겠지

북한의 원자재가 거침없이
남쪽 공단으로 실려와 가공되고
북쪽 사람들
자본주의 임금노동자가 될 수도 있겠지

황해도 사리원이나
동해 바다 명사십리 부근
북녘 동포들
남녘 혈육과 상봉한 뒤
울창한 소나무 숲과 모래사장 옆에
호텔이나 콘도를 지을 수도 있겠지

8·15 직후나 1·4후퇴 때
땅 문서만 가지고 내려온 사람들

* 올봄에 저 세상으로 간 김남주 시인이 10여 년 징역을 살고 나온 지 얼마 되지 않아 한 말이다. 고통스러운 역설이다.

땅 찾기 운동을 벌이는 바람에
통일국가 전국 법원이
땅 찾아 주다가
다른 송사 못할 수도 있겠지

자강도,
실핏줄 같던 면소재지에
다방과 룸살롱도 생겨
새로 임금노동자가 된 사람들 주머니를 털고
다이하드나 터미네이터가
그들의 가슴 뜨겁게 달굴 수도 있겠지

선생님은 경쟁을 가르치고
미국의 유명 록 그룹의 평양공연 때는
그곳 청소년들도 몇 명 죽거나 부상당할 수도 있겠지

무국적 한국인

경찰서 보호실이 통곡으로 뒤덮였네

삼 일을 굶은 끝에
하필 들어간 집이
경찰서 형사과장이 사는 아파트
박아무개씨는 꼼짝없이 강도가 돼서
붙잡혔네

자신의 본명도 박상수가 아니라네
대구 고아원에서
지어 준 이름이라네
주민등록증도 만들어 본 적 없어
진짜 생년월일은 더더욱 모른다네
눈물 콧물 범벅된 얼굴로
통곡이네

열 손가락 피아노 쳐 지문 조회해 봐도
족집게처럼 집어내던
경찰청 컴퓨터는
그런 한국인은 없다고 깜박거렸다네
대한민국은 그의 조국이 아니라고
깜박거렸다네

낫

우리 집안은 조상 대대로 주인 잘 섬기고 일 잘하는 것을 업으로 삼아 온 비폭력 평화주의를 신봉하는 가족입니다 가을 들판에 제 몸 가누지 못할 정도로 영글어 터져 저희 가족의 날에 싹뚝 잘리기를 기다리는 벼포기나 이른 여름 햇살을 붙잡아 품에 안고 그저 철없이 어깨를 비벼 대며 간지럼을 타고 노는 보리 밑동을 자를 때 말고는 언제나 농가 처마 밑 바람벽 모퉁이에 있는 듯 없는 듯 걸려 있는 낫 놓고 기역자도 모르는 무지렁이입니다 그런 저희 가족들도 어떨 때는 슬며시 바람벽 타고 내려가 주인의 손아귀에 잡히고 싶은 때가 있습니다 주인 어른이 올봄에 비닐하우스 치고 파종해 저렇게 늘 푸르게 키워 낸 양파나 마늘이 밭뙈기로 도로 갈아엎어지거나, 이 년여 동안이나 저희 가족의 손으로 자른 풀 먹여 돌본 자식 같은 소 몰고 시장에 나가 똥값 된 줄 알고 다시 데리고 오는 주인어른을 볼 때면 우리 가족 누구랄 것 없이 바람벽을 타고 내려가 허공이라도 한 번 긋고 싶을 때가 한두 번이 아닙니다 우리 발로 내려가 물오른 채마밭 푸성귀들의 밑동을 썩뚝썩뚝 잘라버리고 싶을 때도 있습니다 그럴 때면 더 이상 낫 놓고 기역자 노릇만 하기는 싫습니다

어느 봄날

아파트 사이사이 손질이 많이 간
풀밭 위에
새 잔디가 꼼지락거린다

허옇게 빛바랜 늙은 잔디
힘차게 솟아오르는 새 잔디 곁에
얌전히 몸을 눕히고
입적 준비를 한다

아무도 돌보지 않는 임종을
혼자서 치를 심산이다

아귀다툼 속에서 배우려 든 탓에
늘 아쉬움투성이다

가을

살이 다 비치는 햇살이
삼원색 나뭇잎들 위에 내려앉네
햇살의 무게를 못 견딘 나뭇잎
꺼칠한 바람에 제 몸을 맡겨 버리네
속살이 다 비치는 어린아이
바람에 제 몸 맡긴 삼원색 좇아가는데,
땅 위에 잠시 쉬고 있던 햇살
아이의 발자국 소리에 놀라 냉큼
나뭇가지 위로 달아나네

오,
삶이 저렇게 아름다울 수만 있다면

일회용 카메라로 찰칵 사진 박아 주고 싶네

추석 연휴 말미
인천 월미도 선착장서 영종도 가는 용주선 3호 갑판 위에
고향 가기를 포기 했는지
스물대여섯 남짓 총각처녀 한 쌍
고구마튀김 먹으며 설레는 서해바다 아랑곳없네

총각의 입에 연신 튀김을 먹여 주는
처녀의 엄지손가락
엄지손가락 손톱이
영종도 해안 칼바위처럼 슬픈데
저들은 보탤 것 한 점 없이 그저 아름답네

공공연한 식성과 공공연한 사랑
승객들 주눅 들게 하네

일회용 카메라 갖고 달려가
찰칵, 사진 박아 주고 싶네

어느새 축복이 발목까지 덮어 주시네

할머니와 어머니와 딸이 아직도 대물려 가며
생가슴 앓아야 하는 세월을 모르는 바 아니지만
열 명의 처녀 가운데 여섯 명의 처녀가
혼자 서 보겠노라고 작정하는 세월이라는데
끔찍이 자신을 사랑하며
한평생 살아가겠노라고 거듭거듭 다짐해 두고 있는 세상이라는데,
나도 한때 몇 십 번씩 물리고 싶었던 일
오늘, 내 청춘 속의 그대들이
감히 녹음방초 우거진 청산 속 이쁘디이쁜 단풍나무로
광포한 저 대지 끝 한 자락 거머잡고
네 발 나란히 포개서 내디디겠다니
다만,
사건이라 부를 수밖에 없다네

미구의 세상은 그저 다가오시는 대로
두 손 벌려 감싸야 하는 것일 뿐
오늘 청산의 널따란 치마끝 환히 밝히는 그대들의 사랑
저 아랫마을 홀로 선 사람들
시샘에 몸살나게 해야 하리
질투에 치떨다
오늘밤 그들도 기어코 사랑하게 해야 하리

그러나
너무 빨리 다가오는 계절의 유혹에 취해서는 아니되리
그대들의 암팡스러운 사랑의 행진에 늘상 시비를 거실 게 분명한
신의 장난,
보이지 않는 손의 함정을
잘 다스릴 수 있는 영험한 부적도
가슴속에 한 칸 한 칸 가꿔야 하리

저기
눈 내리는 늦은 겨울밤
두 청년이 외투 주머니 속에 손 맞잡아 넣고
보금자리 찾아가네
어느새 축복이 발목까지 덮어 주시네

역사에의 부름과 우정의 결사

—'5월시' 동인 40주년에 부쳐

임동확(시인)

1981년 여름, 정확히는 그해 7월 1일 탄생한 '5월시' 동인들과 인연을 맺은 지 어언 사십여 년. 이제 모두들 청년에서 노년으로 넘어가는 길목에 있는 이들의 최대 덕목은 늘 한결같은 우정이라는 생각이 먼저 떠오른다. 구태여 함께하거나 일부러 모임을 갖지 않아도 저절로 다져지는 이들 간의 우정이 '5월시'를 지속적으로 지탱하게 만든 근원적인 힘이었다는 생각이다. 그러니까 이들의 우정은 단지 학연이나 지연에 따른 인간적인 정리情理 차원에 그치지 않는다. 거기엔 크고작은 이익이나 단지 자기만의 문학적 성취를 탐하는 사사로움이 없는 공변公便된 태도가 포함되어 있다. 한 시대의 고통을 꿰뚫어보는 밝은 지혜와 동시대인으로서 마땅히 지녀야 할 양식을 동반되어 있는 게 이들 간의 우정이라고 굳게 믿고 있다.

1980년 광주 5월과의 운명적인 마주침을 자신들의 삶과 문학의 질료로 삼은 '5월시 동인'이 다시 지금 여기로 소환되어 나온 것도 단연 그 때문일 것이다. 이들은 역대의 여느 문학그룹처럼 단순히 문학이념과 창작태도의 유사성을 기반으로 뭉친 또 하나의 시 동인이 아니다. 올바른 시대정신이나 역사적 소명감 없는 시대착오적인 문학적 이상이나 신념을 관철시키기 위해 결성된 일단의 문학적 패거리와 달리, 서로 간의 신뢰와 애정을 바탕으로 한 본연의 우정을 바탕으로 강고한 억압의 체제와 맞서는 시인들의 동지애적 공동체에 가깝다. 광주시민학살로 막을 연 1980년대의 군사독재의 야만과 폭력에 맞서는 근본적인 힘은, 어디까지나 정직하고 관대한 태도로 각자의 고유성과 품성을 있는 그대로 인정하고 존중하는 우정에서 비롯되었다고 할 수 있다.

지난 1983년 1월에 발간된 '5월시 동인시집 제3집' 『땅들아 하늘아 많은 사람아』에 실려 있는 김진경의 「제3문학론第三文學論」의 한 구절이 그걸 잘 드러내고 있다.

> 말은 그의 행동이며 그의 모든 것이다. 이 말은 앞뒤를 돌아보지 않는 말이며, 눈치를 보지 않는 말이요, 겁도 없는 말이다. 시를 쓰는 자는 가장 순수하게 구속되어 있는 자이다. 가장 깊게 살려는 자신의 삶은 그렇기 때문에 자신에게 속한 것이 아니라 모두에게 속한 것이며, 그의 모든 것을 의미하는 그의 말은 그렇기 때문에 자신의 말이 아니라 모두에게 속한 말이다. 그의 말이 겁이 없는 것은 그의 말이, 그의 삶이 모두의 말이며 모두의 삶이기 때문이다.

일종의 '5월시' 동인의 선언문에 해당하는 이 글에서 먼저 눈에 띄는 것은, 말과 행동의 일치에 대한 일종의 강박이다. 곧 이들에게 말은 곧 행동에서 나오며, 따라서 행동이 뒷받침되지 않는 말은 거짓이다. 달리 말해, 이들에게 시는 결코 자신들의 의지와 선택에 따른 임의적인 활동이 아니다. 특정한 삶의 토대와 분리될 수 없는 구속된 활동이며, 특히 그럴 때 시인 자신의 말은 모두의 말이 된다. 무엇보다도 물리적 악조건과 상황을 불리함에 굴하지 않은 채 불굴의 용기를 보여 주는 것이 참된 시인의 의무이다.

하지만 김진경의 「제3문학론」을 비롯한 최두석의 「시와 리얼리즘」(『다시는 절망을 노래할 수 없다』), 그리고 제3집 이후 '머리말'들에 공통적으로 들어 있는 이러한 시와 시인됨의 태도에 대한 요구는 그리 낯설지 않다. 이는 곧 '글은 곧 그 사람(文如其人)'이라는 동아시아의 오랜 전통을 떠올리게 만든다. 그러니까 이들은 시와 시인의 인격의 분리를 용납하려 들지 않는다. 분명 인격적 성숙과 문학적 성취를 하나로 보는 동아시아적인 시문詩文의 전통을 따르고 있다. 이들이 지금껏 작가적 염결성과 진정성을 오래도록 지켜올 수 있었던 것은, 공명정대하고 공평무사한 도덕적 용기를 바탕으로 한 시와 삶, 문학과 인격의 일치가 가장 큰 원동력이었다 할 수 있다.

처음『이 땅에 태어나서』란 표제를 내세우며 출발한 '5월시' 동인 김진경·박상태(박몽구)·나종영·이영진·박주관·곽재구가 바로 그렇다. 이들은 어떤 사심이나 욕심이 개입되지 않았기에 후회할 일이 없는 인간적인 우정을 바탕으로 '서정시를 쓸 수 없는 시대'의 역사적 야만에 대항하고자 했다. "살아 있는 것도 부끄럽고 죽기도 죄스런" "죽음"(박주관, 「망원동에서 망우리까지」, 『그 산 그 하늘이 그립거든』)의 연대 속에서 잔인무도한 폭력에 분노하고 죽은 이들의 넋을 위로하고자 했다. 불의한 권력과의 타협이나 굴종보다는 보편적 형제애에 가까운 우정을 바탕으로 기꺼이 힘없고 가난한 자들과의 공감과 유대를 시도해 왔다고 할 수 있다.

예컨대 "어떤 역사책을 뒤져봐도/끝내 이름 없는"(이영진, 「다시 가을밤에」, 『땅들아 하늘아 많은 사람아』) 가난하고 소외된 이웃들에 대한 이들의 지속적인 관심과 유적 연대의식이 그렇다. 이들은 '열일곱' 나이로 자살한 지체 장애자 소년(나종영, 「남구현」, 『땅들아 하늘아 많은 사람아』), '추석달이 밝은'데도 고향에 돌아가지 못하는 '창녀', 실향민으로 단속반에 쫓기는 '라이터 노점상'(박주관, 「김씨의 어떤 날 — 70년대 서울의 사랑 1」, 『땅들아 하늘아 많은 사람아』), 불우한 가정환경에도 꿋꿋이 살아가는 '누님'들(최두석, 「누님」, 『땅들아 하늘아 많은 사람아』)과 같은 타자들 속에서 자신들의 정체성을 확인하고자 한다. 또한 이들은 '꿈'도 '기약'도 없이 새벽 출근하는 사람들(이영진, 「팔복 공단 가는 길」, 『땅들아 하늘아 많은 사람아』), 가난한 월급쟁이 집을 훔치러 온 '좀도둑'(나해철, 「좀도둑에게」, 『땅들아 하늘아 많은 사람아』), 장바닥에서 장사하다가 앓아 누운 '뻐꾹 할머니'(박몽구, 「뻐꾹 할머니」, 『땅들아 하늘아 많은 사람아』), '열심히 벙어리 손짓'하는 '소장수'(김진경, 「서산에 가서」, 『땅들아 하늘아 많은 사람아』)들과의 동일성을 재삼 확인하면서 '공동존재성'을 형성하고자 한다.

한 몰락한 포구의 변천사를 통해 민중들의 슬픔을 공유하면서 광주 5월의 아픔을 잔잔하게 내면화하고 있는 나해철의 연작시 「영산포」가 이를 잘 보여 준다.

개산 큰집의 쥐똥바퀴새는
뒷산 깊숙이에 가서 운다
병호 형님의 닭들은
병들어 넘어지고
술 취한 형님은
강물을 보러 아망바위를 오른다.
배가 들지 않는 강은
상류와 하류의 슬픔이 모여

은빛으로 한 사람 눈시울을 흐르고
노을 속의 운곡리를 적신다.
냉산冷山에 누운 아버님은
물결소리로 말씀하시고
돌절벽 끝에서 형님은
잠들지 않기 위해 잡풀처럼
바람에 흔들린다

—나해철, 「영산포 2」(『그 산 그 하늘이 그립거든』) 일부

더 이상 배가 들지 않는 영산강변에서 살고 있는 병호 형님의 닭들은 어떤 마땅한 대책 없이 병들어 죽어간다. 그래서 술에 취한 형님은 강물을 보러 아망바위에 오르지만, 그간 쌓인 슬픔에 말없이 눈물을 흘릴 뿐이다. 한 가정을 넉넉히 지탱해 줄 아버지 역시 냉산에 누워 있는 상태다. 하지만 일견 평범하게 보이는 이 삶의 풍경은 단지 급격하게 진행된 근대화와 산업화로 포구로서 기능을 상실해 가는 농촌공동체와 어느 쓸쓸한 가계사에 대한 기록이나 보고가 아니다. 돌 절벽 끝에서 잠들지 않기 위해 잡풀처럼 흔들리고 있는 형님과 '나'의 동질성이다. 병호 형님이나 아버지와 같은 육친적인 타자들 속에서 '나'의 정체성과 '우리'의 동일성을 인식하고 찾으려는 내면적 움직임과 긴밀하게 연결되어 있다.

달리 말해, '5월시' 동인들에게 타자는 온정주의적 연민이나 동정의 대상이 아니다. 예컨대 "화산의 폭발"에 "유황진흙 속"에 죽어가는 "소녀"의 "맑고 검은 눈동자"는 오히려 인간다움을 일깨워준다는 점에서 "우리들"에게 "마지막" 남은 "희망"(박주관, 「죽음이며 부활이다 3」, 『빼앗길 수 없는 노

래』)을 암시한다. 단지 "쇠잔한 내 형제의 어깨 위에/다수운 손길"을 내뻗는 데 그치는 것이 아니라, "저의 찬 몸에 불씨 되살려/깨어나 함께 걸어가라"는 의미에서 "아무 말 없이" 내리는 "눈"(나종영, 「눈」, 『빼앗길 수 없는 노래』)과 같은 타자는 이들이 추구하는 '자유' 내지 '자기 존엄성'과 결코 배치되지 않는다. 각 개인을 계급 등 외적인 일반성으로 분류하거나 혁명의 수단으로 보는 것이 아니라 그들을 그 자체의 내적 무한성 차원에서 대하려는 모습이 '5월시'의 한 특징을 이루고 있다.

이들의 주된 공통정서의 하나인 진혼의식 역시 여기에서 발원한다. 이들은 가장 가까운 가족과 이웃의 참혹한 죽음의 체험을 통해 언젠가는 자신도 그렇게 사라져 버릴지도 모른다는 공포와 분노, 절망과 슬픔을 추체험한다. 동시에 죽은 이들과 함께 괴로워하면서 스스로를 그들의 고통에 감염되도록 만들면서, 타인의 죽음을 통해 자신 안에 '살아 있음'과 '사라져 버림'이라는 이중적 존재를 대리 체험하고 공감하는 시적 제사장祭司長이고자 한다. 5월 광주의 희생자를 통해 자신의 죽음을 정신적으로 체험하려는 연대의식의 발로가 진혼의식이다.

제1집 『이 땅에 태어나서』에 실려 있는 김진경의 시 「진혼鎭魂」이 대표적이다.

> 떠나네,
> 적셔줄 물 한 방울 없이
> 햇빛은 차가운 사슬처럼 팔목을 파고 드는데
>
> 피도 스미지 않는 바닥
> 찢어진 깃폭처럼 비둘기는 떨어져 내려

까마득한 현기증,
목마름만이 우리의 것일 뿐.

— 김진경, 「진혼鎭魂」(『이 땅에 태어나서』) 일부

필시 피를 많이 흘려 사망에 이르렀을 망자는 죽어가는 동안 극심한 갈증에 시달린다. 하지만 나자렛 예수를 연상시키는 그 생전의 망자에게 그 누구 하나 물 한 방울 제공하지 않는다. 그러기는커녕 뜨거운 햇빛만 그 망자의 팔목으로 차가운 사슬처럼 파고드는 고통의 연속이다. 죽은 이들의 피가 땅바닥에 스며들지 않을 정도로 말라붙은 비참한 가뭄 속에서 하늘을 나는 비둘기조차 떨어져 죽을 뿐이다. 하지만 운 좋게 살아남은 자인 '우리'들 역시 그걸 보며 까마득한 현기증과 끝없이 목마름을 느낀다. 아무런 행동도 취할 수 없었던 '우리'는 죽은 이들의 넋 앞에서 환원 불가능한 슬픔과 고통스러운 삶의 시간에 직면해 있다.

나종영의 시 「양화진楊花津에서」(『이 땅에 태어나서』) 역시 이러한 진혼의식의 연장이다. 그는 "1866년 금압령이 내려진 거리에서/믿음을 위하여 목숨을 던진" 천주교 "교우들"을 통해, 1980년 5월 학살의 희생자들을 환기시키고 그들의 영혼을 위무慰撫하고자 한다. 또 박주관의 경우 극단적으로 "아무것도 존재하지 않는 나라에서" "살아 있는 것들은 스스로 죽어라"(「비가」, 『이 땅에 태어나서』)라고 말하면서 죽은 자들과 고통을 나누며 애도하고자 한다.

하지만 이들의 시는 단지 죽은 자들에 대한 감정적인 동일시에서 비롯된 진혼의식에 머무르지 않는다. 좀처럼 "보이지 않는 모든 것과 일어서 있는 모든 것들 속에서" 누군가 "나"(윤재철, 「염소 1」, 『그 산 그 하늘이 그립거든』)를 지켜보고 있다는 추적망상으로 이어진다. 알게 모르게 이름은 "알 수 없"는 "소리"가 "나를 부르"거나 또는 "누구의 죽음이 눈을 뜨고 있"(김진경, 「비갑이의 창唱」, 『그 산 그 하늘이 그립거든』)지 않는가 하는 강박감에 시달린다.

이영진의 시 「5월은 내게」(『그리움이 끝나면 다시 길 떠날 수 있을까』)가 그걸 집약적으로 잘 보여 주고 있다.

> 그것은 언제나 기습이거나, 테러다.
> 성욕까지 가시게 하는,
> 봉급 받는 손끝까지 절망스럽게 하는
> 아, 사라지지 않는 환영.
> 피나 시간으로도 지워지지 않는
> 가지 끝에서 가지 끝으로 따뜻하게 불어가는 바람으로도
> 아, 사라지지 않는다.
> 아무런 각성도 없는, 사실 부끄러움조차
> 잊고 사는 내게 5월은 사라지지 않는다.
> 사라지지 않아.
> 하늘을 폭음으로 가르는 폭격기.
> 한순간 사라지는 물체에서조차
> 생일날 사 드는 반 돈짜리 금가락지 무게에서
> 조차, 5월 그 아카시아 향내는
> 사라지지 않는다.
> 유행가조차 어색하게 만드는 5월
> 너 끝나지 않는 시간이며
> 시간 밖의 시간이여.

내 이 끝 간 데 없는 매춘을 큰 눈으로
큰 눈으로 응시하는 눈빛이여

— 이영진, 「5월은 내게」
(『그리움이 끝나면 다시 길 떠날 수 있을까』) 일부

필시 1980년 5월 광주에 대한 부채의식 또는 부끄럼을 그 바탕에 깔고 있는 추적망상은 누군가가 '나'를 감시하고 뒤쫓고 있다는 감정으로 이어진다. 스스로가 의식하지 못하는 사이 어쩌면 테러에 가까울 정도로 기습적이거나 무방비한 상태로 다가오는 일종의 '환영'으로 인간의 가장 큰 본능인 '성욕'마저 가시게 할 정도로 일상생활을 간섭해 들어온다. 하지만 어떤 방식으로도 지워지거나 사라지지 않는 이러한 공포와 불안은 단지 일종의 정신질환으로 끝나지 않는다. '나'의 모든 행위들을 '매춘'행위로 자학하게 할 만큼 강력한 도덕적 각성제로 작용한다. '나'의 일거수일투족을 지켜보는 큰 눈이자 당대인의 양심을 향해 매서운 질문을 던지는 '시간 밖의 시간'으로 되돌아오는 것이 추적 망상인 셈이다.

하지만 이들은 1980년 5월의 아픔과 고통을 드러내거나 내면화하는 데 만족하지 않는다. 박몽구의 "저 바다를 타고 떠밀려 오는/외국 군함이 싫어요"(「저물 무렵」, 『땅들아 하늘아 많은 사람아』)라는 시 한 구절이 보여 주듯이 매우 선구적으로 5월 학살의 배후로 '외세' 문제를 제기한다. 1980년 5월 광주를 계기로 "아메리카"는 그저 "선량하고 거대한" 민주주의 나라가 아니라 "인디언" 같은 약자들을 "잡아 부강하고 비대해진"(윤재철, 「아메리카 들소」, 『땅들아 하늘아 많은 사람아』) 제국주의의 하나에 지나지 않음을 폭로한다. 그러면서 "옛

적" 국권을 침탈한 "청나라와 일본군함" 대신 이제 "미군 비행기 사격장"된 "농섬"을 통해 "우리들"의 상황이 여전히 "폭격"(김진경, 「꼽추」, 『그 산 그 하늘이 그립거든』) 중임을 암시하고 있다. 여기서 한 걸음 더 나아가, 고광헌은 밤새 "불야성"을 이루는 "치외법권"지대인 "밤 두 시나 세 시경"의 "이태원異胎院에 가보았나" 질문하면서 우리가 미국의 "동맹국 혈맹의 나라"가 아니라 그들의 "식민지"(고광헌,「이태원異胎院」, 『5월』)임을 분명히 하고 있다.

이러한 미국에 대한 비판적 인식과 맞물려 있는 게 분단체제 극복 의지다. 이들은 먼저 자신들의 집권체제 유지 내지 확대재생산을 위해 반공 또는 "멸공" 이데올로기를 내세우는 집권세력들을 향해 "6·25의 쓰리꾼"이자 "사기꾼"이라고 질타하면서 "더 이상" 그것들을 "나에게 강요하지 말라"(이영진, 「6·25와 참외씨」, 『이 땅에 태어나서』)고 경고하고 있다. 그러면서 강대국의 이해관계에 따른 냉전체제 속에서 "가늠자 구멍으로 제 땅 제 형제들"을 "바라"볼 수밖에 없는 "못난 땅"(고광헌, 「통일로 3」, 『5월』)의 비애를 노래하고 있다. 한국현대사의 중심부에 위치한 1980년 광주 5월의 비극을 통해 외부적으로 미국 등 외세의 지배 문제에 대해 고민하게 만들었으며, 내부적으로는 자신의 사고와 행동들을 지배하는 남북분단과 그 이데올로기에 대해 더욱 비판적이고 냉철하게 접근하도록 만들었던 셈이다.

최두석의 시 「가투」(『가슴마다 꽃으로 피어 있어라』)는 그러한 극우 반공이데올로기 문제를 우회적으로 접근한 시의 하나다.

콩꽃 떨기마다 이상한 나방이 사정射精을 하고 다녔다.

> 그때 나는 국어선생이었다. 깊이 사랑했던 이념의 말이 교과서 구석에 씌어 있었다. 지면을 응시하자 낱말은 괴성을 지르며 교실을 울리고 멀리 운동장 미루나무 이파리에 머물렀다. 구름은 정말 한가롭게 지나가고 학생들의 한 때는 교련시간이었다. 엎드려 쏴! 찔러, 길게 찔러. 이파리는 사살되어 무참히 찢기우고, 고개를 돌렸을 때 교과서의 활자는 뻔뻔하게 그대로 박힌 채였다. 그해 농부들이 수확한 콩은, 껍질은 탱탱하고 의연했지만 모두 가투였다. 나는 가투의 의미를 가르칠 뿐이었다.
>
> — 최두석, 「가투」(『가슴마다 꽃으로 피어 있어라』) 전문

국어선생인 '나'는 한때 한 인간과 사회와 국가의 개념적 재현 체계로서 '이념의 말'들에 신뢰를 보낸 바 있다. 하지만 5월 광주를 계기로 '나'는 이제 그게 부당한 국가권력과 체제 유지를 극대화하는 수단에 불과하다는 것을 직시하고 있다. 무엇보다도 그게 국민을 길들이고 탄압하기 위한 도구에 지나지 않다는 것을 익히 알고 있다. 그러니까 '나'에게 학교교육의 현장은 별다른 제지 없이 병영체제의 국가교육 체제가 강요하는 이념의 말들을 되풀이하는 장소에 불과하다. 남북 간의 무조건적인 증오와 광주 시민 학살과 같은 끔찍한 역사적 비극은, 껍데기뿐인 반공 교육 내지 지배 권력의 목적에 맞게 윤색된 주입식 교육의 산물에 지나지 않는다.

하지만 이들은 단지 광주 5월의 비극을 기억하고 진혼하거나 대사회적인 자각과 결의로서 분단 극복과 통일 의지를 드러내는 데 결코 만족하지 않는다. 야만적이고 폭력적인 사태에 자기정체성을 잃거나 시대와의 단절 속에서 표류하는 등의 과장

된 비관주의에 빠져들기보다 불굴의 저항 의식과 더불어 거센 반격 의지를 드러내고 있다. 무자비한 탄압과 가혹한 억압에 의한 물리적 패배가 인간적인 굴종과 도덕적인 패주로 역전되지 않기 위해 비타협적인 반격과 단호한 저항 의지를 내보인다.

당시 수배 중이었던 관계로 불가피하게 '박상태'라는 가명을 써야 했던 박몽구의 시 「무등 혹은 우리들 마음의 기둥」(『이 땅에 태어나서』)이 대표적이다.

잘못 가는 길에게 맡겨진 몸밖에
남이 지배하도록 버려두는 마음밖에
남은 게 없을까 싶을 때
그것이 강가의 모래알처럼 불어날 때
탁한 강물에 이대로 휩쓸려 가고 말 수는 없을 때
무등을 생각한다.
손에 손 맞잡고
쓴 잔을 들이키며
새벽마다 포로된 마음들을 소스라쳐 놀라 되찾으며
어둠 앞에 굳게 선 무등을 생각한다
꿈속에 맨발로 광주에 간다.
캄캄한 밤에는 하나의 별
가시밭길 속에는 저 하나
기꺼이 피 흘리며 누워서 돌파구가 되는
무등의 형제들을 생각한다

— 박몽구, 「무등 혹은 우리들 마음의 기둥」
(『이 땅에 태어나서』) 일부

'5월시 동인시집' 제1집 『이 땅에 태어나서』에 실려 있는 위 시에서 시인은 차마 말로 발설할 수 없는 비극의 참상을 애써 고발하거나 애도하려 들지 않는다. 불의한 권력의 강고한 억압과 지배 속에 놓여 있는 형편 속에서도, 어떤 희망을 포기하기보다 역사적 비극의 현장인 '무등'을 생각하며 서로의 손을 맞잡는다. 피비린 기억에 악몽에 시달리면서도 꿈속에서조차 가슴쓰린 패배의 장소이자 투쟁의 거점인 '광주'로 가고자 한다. 그저 죽은 자를 애도하는 데 그치기보다는 '무등의 형제들'과 함께 기꺼이 새로운 혁명의 돌파구가 되고자 한다. 가진 힘의 취약함과 객관적인 정세의 불리함에도 굴하지 않은 채 불굴의 반격과 불퇴전의 저항 의지를 드러내고 있다.

하지만 쉽사리 역전시킬 수 없는 엄혹한 현실 속에서 "좀처럼 오지 않"는 "막차"(곽재구, 「사평역에서」, 『가슴마다 꽃으로 피어 있어라』)가 오기를 소망하는 길고 긴 기다림의 정서는 여기서 시작된다.

> 날마다 당신을 기다리는 사람들이 해지는 서쪽으로 떠났습니다 당신을 기다리는 기쁨 하나로 지팡이와 함께 휘어진 사람들의 물결이 늙은 산과 마른 강바닥을 채웠습니다 깊은 어둠과 겨울이 오고 당신을 위해 마주 잡은 손바닥과 두 무릎이 바람에 쓸려 하늘의 별이 되거나 땅의 푸석한 잎이 되었습니다 아무도 당신을 위해 바친 어두운 날들을 탓하지 않았습니다. 당신을 위해 바친 고독한 혼들의 이름이 수천 수만의 꽃송이로 들을 채웠습니다 더러는 바람이 되고 더러는 구름이 되고 더러는 뒹구는 뼈다귀가 되어서도 당신을 기다리는 기쁨 하나로 서녁 하늘을 보았습니다 거

역할 수 없는 불개미떼의 돌진처럼 끝내는 누군가 그 황혼
에 이르던 날.

— 곽재구, 「지평선」(『다시는 절망을 노래할 수 없다』) 전문

수많은 사람들이 날마다 다가오길 기다리는 절대 대상으로서 '당신'을 찾아 순례를 떠난다. 하지만 역사적 해방의 전망 또는 유토피아적 이상을 나타내는 '당신'과의 만남은 무수한 사람들의 희생과 기다림이 선행조건으로 요구한다. 그럼에도 불구하고 누구 하나 그런 의미의 '당신'과 마주치기 위한 힘든 여정을 원망하지 않는다. 그러기는커녕 묵묵히 견뎌 내며 오히려 그걸 기쁨으로 받아들인다. 기약할 수 없는 미래와 불확실한 전망에도 불구하고 모든 이들이 영웅적인 인내력과 의지로 '당신'과 만나기 위해 길고 오랜 기다림을 자청하고 있다.

'5월시'에 자주 출몰하는 기다림의 정서는, 따라서 그저 수동적이고 소극적인 것만이 아니다. 아직 생성되지 않은 채 "어쩌면 숨죽인 산처럼" "침묵" 중이지만 종내 "우리들 가슴 한가운데 산맥으로 꿈틀거리는"(윤재철, 「역학力學」, 『5월』) 희망을 상징한다. 부자유하고 불의한 "죽음의 끝에서 일어"난 "꽃들이" "천지에 가득"해지고 "눈 들어 햇빛 찬란한 푸르른 하늘"(나해철, 「봄노래」, 『5월』)을 볼 수 있는 나날에 대한 매우 우직하고 완강한 지구전의 성격을 담고 있다. 온갖 전망과 구원이 끊긴 납빛의 시대 상황 속에서 어떤 불가능성을 가능성으로 전환시키고자 하는 팽팽하고 고집스러운 열망을 담고 있는 게 이들의 기다림의 실체라고 할 수 있다.

이러한 '5월시' 동인들은 모두가 매우 빼어난 서정시인의 자질을 구비하고 있다는 게 공통적이다. 특히 그중에서도 곽재

구·나해철·나종영의 경우 일찍이 김영랑이나 박용철이 보여준 바 있는 타고난 리듬의식과 맛깔스러운 언어 구사가 돋보인다. 하지만 이들의 서정은 정치색이 배제된 서정주류의 기만적이고 증류수적인 서정과 그 맥을 달리한다. 탈이념적이고 탈역사적인 자기 충족의 낭만적 서정보다 당대의 소외되고 가난한 자들과의 공감과 연대를 꾀하는 신경림류의 민중시적 전통에 가깝다. 김수영·신동엽·김지하를 비롯한 조태일, 김남주 등으로 이어진 고도의 정치 의식과 투철한 시대 정신과 결합되어 있는 것이 큰 특징이다.

풀잎도 돌아눕는 저물녘
작은 새 한 마리 이슬을 긷다가
날아가 버리고
그 수많은 사람들 맨가슴 쥐며
쓰러진 하늘에
빛이 터지고 있다
훨훨 날아간 새와
울며 끌려간 사람들 발자국, 봄 들판에
오랜 세월 그리움 남아 있어
먼 산 넘어가는
누구 한 사람 뒷모습
부르는 울음이 붉게 타고 있다

— 나종영, 「저녁놀」(『가슴마다 꽃으로 피어 있어라』) 전문

해가 뜨거나 지려고 할 때에 하늘이 햇빛을 받아 붉게 보이는 자연 현상으로서 노을은, 예나 지금이나 그 장엄함과 비장

함이 깃든 아름다움으로 인해 여전히 모든 시인들의 찬탄 대상이다. 하지만 여기서는 그런 목가적이고 주관적인 대상으로서 노을이 아니다. 풀잎마저 돌아 누울 만큼 비참한 사건이 벌어진 뒤 수많은 사람들이 맨가슴을 쥐어뜯으며 쓰러져 있는 하늘을 배경으로 하고 있는 노을이다. 동시에 저물녘 안식할 곳을 찾지 못한 새와 울며 끌려간 사람들의 슬픈 발자국만이 남아 있는 봄 들판을 배경으로 붉게 타오른 노을이다. 감각적이고 즉각적인 아름다움의 대상이 아니라 어떤 일로 크게 상처받은 자의 뒷모습을 연상시키는 역사화된 노을이라고 할 수 있다.

이처럼 이들에게 서정시는 단지 주관적인 내면성을 직관으로 생동감 있게 표현하는 것을 의미하지 않는다. 한낱 "생일 아침상에 오른 소고기국" "한 술"에서도 "우직하게 끌려간 자의 울음 하나"를 읽어 내거나 "살아 있는 자의 부끄러움"을 느끼며 스스로를 "단죄"하는 "서정"(곽재구, 「소고기국」, 『이 땅에 태어나서』)이다. 평화롭고 한가한 전원적인 서정이 아니라 "삼동의 칼바람" 부는 "산 속에 낫 갈고 숨어 살고 있"(곽재구, 「소국」, 『땅들아 하늘아 많은 사람아』)는 자의 서정에 가깝다. 값싼 위로와 감동에 급급한 서정이 아니라 시인 지식인으로서의 역사의식과 시대정신을 담보하고 있는 서정이라고 할 수 있다.

서사시와 서정시의 중간단계의 장르라 할 수 있는 나해철의 「영산포」(『그 산 그 하늘이 그립거든』, 『다시는 절망을 노래할 수 없다』, 『가슴마다 꽃으로 피어 있어라』)나 「광주천」(『다시는 절망을 노래할 수 없다』), 김진경의 「판소리」(『그 산 그 하늘이 그립거든』), 곽재구의 「대인동」(『땅들아 하늘아 많은 사람아』) 등의 연작시들은 이러한 배경 속에서 탄생한 작품들이다. 이러한 연작시들은 인간의 심오한 존재 조건이나 절실한 실존적 체험을 드러내는 데 적합하지만, 격동하는 시대의 역사적이고 객관적인 사건의 진실을 폭넓게 접근하는 데 그 한계가 분명한 서정시의 극복 의지와 맞물려 있다. 또 고광헌의 「신중산층 교실에서」(『5월』)와 「스포츠 공화국 일지」(『5월』), 강형철의 「해망동 일기」 등의 연작시들은 각기 유일하며 반복 불가능한 경험을 바탕으로 하는 서정시로는 미처 대처할 수 없는 사회적 갈등이나 모순을 객관적으로 다루고자 하는 욕망이 개입되어 있다.

하지만 이러한 연작시들 역시 사건들을 하나의 완결된 이야기로 다루는 데 적절치 않다. 또한 시간적 인과관계에 따라 연속적으로 이어지는 이야기의 서사화와 통일성을 성취하기엔 역부족이다. 박몽구의 「십자가의 꿈」, 윤재철의 「난민가」(『다시는 절망을 노래할 수 없다』), 최두석의 「임진강」(『5월』)은 이에 대한 적극적인 시적 응전에서 나온 서사시들이다. 구체적으로 박몽구는 1980년 5월 광주 항쟁에 직접 참여한 경험을 바탕에 둔 「십자가의 꿈」(『다시는 절망을 노래할 수 없다』)을 통해 죽음의 공포로 시작된 1980년대 지평에 살아남은 자로서의 부끄럼과 동시에 5월항쟁의 정당성을 역설하고 있다. 또 윤재철은 한 공동체의 운명을 대신하는 '만적'이나 '전봉준' 같은 영웅적 인물과 역사적 사건을 통하여 과거를 창조적으로 재해석하면서 그들을 연민의 대상이 아니라 투쟁의 주체로 변모시키고 있다. 특히 처음부터 인간의 환원불가능한 정동情動을 "한갓 되풀이"하는 나 "(서정)시"로는 "어느 길"을 "뚫는"(「임시정부」, 『그 산 그 하늘이 그립거든』) 데 한계가 있다고 보았던 최두석은, 그의 서사시 「임진강」에서 김낙중이라는 문제사적 인물을 통해 남북 분단의 비극과 그 극복 방안을 총체적으로 드러내고 있다.

하지만 1990년대 초반의 사회주의 몰락과 국내의 급격한 사회운동의 퇴조 때문일까. 이들은 1994년 펴낸 5월시 신작시집 『그리움이 끝나면 다시 길 떠날 수 있을까』를 계기로 암묵적인 해체기에 들어간다. 그리고 이들의 시들은 자신들의 "의지와 상관없이/지나가는" "세계" 속에서 삶의 좌표를 잃은 채 "사는 일이 지"(이영진, 「거세된 슬픔」, 『그리움이 끝나면 다시 길 떠날 수 있을까』)겨운 상태와 직면한다. 특히 혁명적 열기가 거세된 1990년대의 "대책 없는 내일 앞에서" 역사 주체로서 고민하기보다 "몇 올 남은 머리카락을 들어 올리며 어떻게 체면 차릴"까 "궁리"(강형철, 「소격동에서」, 『그리움이 끝나면 다시 길 떠날 수 있을까』)하는 소시민으로 전락하는 모습을 보여 주고 있다.

지난 2002년에 출간된 강형철의 시집 『도선장 불빛 아래 서 있다』(창작과비평사)에 실려 있는 시 「겨우 존재하는 것들 2」를 잠시 감상해 보자.

> 해변에서 일주일 동안 아무 말 않고 우두커니 앉아 있기·전망 좋은 방에 흔들의자 두 개 갖다 놓고 종일 쳐다보기(생각이 있으면 적어서 보여 주고 때리기 없기)……(중략)……상추씨 심어 상추나면 된장 조금 넣고 상추 싸서 서로의 입에 넣어주기(흘린 밥알 황급히 주워 먹기)·메뚜기 잡아서 눈싸움하다가 지면 풀어주기·뻘밭에서 게를 잡다가 손을 물리거나 모래밭에서 생합잡기

이런 소망을 얘기하면서 상대방의 태도를 보아 몇 가지 더 가감하기(예를 들면 검지로 이마를 콕 찍으며 너는 어느 별에서 왔냐고 묻는다거나 괜히 한숨을 포옥 쉬면서 더듬거리기도 할 것 등등)

에잇, 이것이 그러니까 다시 말하면 에에, 단도직입적으로 말해서 유리잔은 혼자서도 깨진다는 것을 발견한 어느 좀팽이가 지니고 있는 꿈입니다.

— 강형철, 「겨우 존재하는 것들 2」(『도선장 불빛 아래 서 있다』) 일부

'단도직입적으로' 위 시에서는 1980년 광주 5월이라든가 남북통일 등과 같은 거대서사가 더 이상 등장하지 않는다. 대신 그 자리에 해변이나 전망 좋은 방에서 우두커니 앉아 있거나 말없이 서로 보기 등 극히 사소하거나 지엽적인 일상사가 차지한다. 미군주둔 문제 등 외세의 극복과 민중들의 핍진逼眞한 삶에 대한 애정을 통한 삶과 역사의 변혁의지보다 이전에 이들의 시적 대상으로 주목받지 못했던 주제나 소재가 등장한다. 시적 영역이 대사회적인 발언보다 지극히 개인적 소망 차원으로 급격히 후퇴하고 있는 모습을 보여 주고 있다.

하지만 한편으로 한낱 부질없어 보이는 이런 행위들은 그저 어느 '좀팽이'의 심심풀이가 아니다. 당장의 이해관계나 즉각적인 효용의 관점에서 볼 때 금세 사라지는 초미립자처럼 보이지만, 정성스레 키운 상추로 서로에게 먹여 주는 행위와 같은 지극히 평범한 행위 속엔 단지 공리성功利性이나 계산 가능성의 척도로 가늠할 수 없는 깊은 인간 이해와 소통이 전제되어

있다. 역사적이고 사회적인 의미망에 포획되지 않는다는 점에서 그야말로 '겨우 존재하는' 것들이라고 할 수 있지만, 상대방의 태도에 따라 검지로 이마를 콕 찍는 행위 속엔 타자에 대한 경외와 배려가 스며들어 있다. 그간의 거시적 문화의 차원에서 볼 때 결코 역사와 사회의 의미망으로 포착할 수 없는, 문명의 세계에 균열을 내는 틈을 보여 주고 있다.

아마도 미처 자신들도 의식하지 못한 채 끈질기게 설파해 온 이들의 귀향의지 역시 이와 무관하지 않다. "언젠가는 용기 있게 고향"에 돌아"갈"(박주관, 「어머니와 일박一泊」, 『5월』) 날을 꿈꾸거나 "아무래도 나는 다시/고향으로 갈까부다"(곽재구, 「강남터미날」, 『빼앗길 수 없는 노래』)에서 보이는 귀향의지는, 단지 지연적이고 혈연적인 유대감과 서로에 대한 애정이 지배하는 곳으로의 되돌아감을 의미하지 않는다. 우선 그것은 자본주의적인 갈등과 모순, 정치적 불화와 문명화의 불만 속에서 이상화된 광주 5월의 '대동 세상'으로의 회귀 의지를 나타낸다. 신자유주의 도입으로 인한 세계의 황폐화와 비인간화로 고향을 상실한 이들이 단순하고 소박한 삶의 세계로 귀환하려는 의지를 의미한다.

잠시 윤재철의 제6시집 『거꾸로 가자』(삶창, 2012)에 실려 있는 동명同名의 시가 그 좋은 예이다.

짧게 가자
빠르게 가자
무의미하게 가자
그녀는 잊기 위해서 드라마로 간다

나는 거꾸로 가자
예측불가능하게 가자
벌거벗은 몸뚱이로 가자
저 강변 항하사 같은 금모래밭
남풍에 반짝이는 팔랑이는 미루나무 이파리
그 오르가슴을 나는 잊지 못한다

— 윤재철, 「거꾸로 가자」(『거꾸로 가자』) 일부

어쩌면 퇴행적이고 역행적인 선언을 담고 있는 이 시에 '그녀'는 가능한 한 짧고 빠르게 행동하는 인물이다. 어떤 대상의 존재 의의나 의미보다 먼저 신속성과 효율성을 기반으로 하는 자본주의의 의인화된 모습이 '그녀'다. 반면에 '나'는 예측 가능한 기획과 주도면밀한 실행을 추구하는 '그녀'와 반대로 '거꾸로 가자'는 입장이다. 외양과 형식뿐인 법적 평등과 정의보다는 모든 자연적 위계를 벗어난 '벌거벗은 몸뚱이', 내면적 가치와 평화를 중시하는 게 '나'다. 그러니까 자본주의적 무한 경쟁과 승자독식주의에 지친 '그녀'는 지친 몸과 마음을 위로받기 위해 '드라마'로 간다. 반면에 '나'의 시선은 금빛 모래밭이 펼쳐져 있는 강변에 서 있던 미루나무 이파리들이 남풍에 반짝거리며 팔랑이던 때의 '오르가슴'의 기억에 가 있다.

하지만 '나는 거꾸로 가자'는 한낱 반자본주의적이고 반문명적인 고집스러운 선언이나 주장만을 담고 있는 것이 아니다. 얼핏 퇴영적이고 과거지향적인 귀향 의지는 종래의 시각으로는 불가해란 무無 또는 결핍으로밖에 보일지 모르지만, 어쩌면 그것은 그동안 미처 준비가 되지 않았기에 놓쳐 버린 희망이나 구원을 찾아가려는 행위를 함의한다. 갑자기 이해 불능에 빠진 시대 속에서 기존의 틀로는 결코 끼워 맞출 수 없는 자신만의 기대 지평의 확보와 연결되어 있다. 비인간적이고 폭력적인 자본주의 사회 속에서 모든 것의 근원인 고향으로의 회귀 의지는, 다름 아닌 구체적인 장소와 그 가능성을 통한 새로운 연관관계를 위한 근원적 도약이자 모험을 내포하고 있다.

대체로 이러한 역정을 거쳐 온 이들의 시세계를 전반적으로 평가하는 것은 필자의 능력 밖이다. 특히 어느 순간부터 이들이 저마다의 삶의 전선에서 외롭게 각개전투 대형을 취한 채 시적 지평을 확대·심화 중이라는 점에서 모든 이해와 평가는 자칫 성급하고 섣부른 것이 될 수밖에 없다. 다만 이들이 기회가 있는 때마다 "시가 과연 무엇을 하는가", 혹은 "시인, 예술가들이 최소한 무엇을 해야 하는가라는" 고뇌어린 "물음"(『빼앗길 수 없는 노래』의 「머리말」)을 던지고 있다는 점이다. 그리고 이러한 자기 성찰적인 물음들은 "시"가 결코 "개인적 체험을 이야기하는 형식"이라기보다 "역사 앞에 소환되는 고통의 약속"이자 "공동체 체험"(제4집 『다시는 절망을 노래할 수 없다』의 「머리말」)이라는 이들의 문학적 신념과 깊게 관계되어 있다는 점이다.

다시 반복하지만, 따라서 이들은 단순히 한국문학사에서 그리 낯설지 않는 일종의 문학적 카르텔로서 시동인이 아니다. '시대의 아들들'로서 자발적으로 역사에의 부름rufen에 가까이 다가서려 했다는 점에서 이들에게 '동인'은 흩어진 동지를 모우고 진리를 추구함을 함축하는 『주역周易』의 '천화동인괘天火同人掛'의 준말인 '동인'에 가깝다. 그리고 바로 이것은 "대속받을 수 없는 산하"에서 "혼자"있어도 "외로웁지 않"는, "포기할 수 없는 싸움"의 전사이자 "거역할 수 없는" 시대의 "명

령"(고광헌, 「산죽山竹 2」, 『빼앗길 수 없는 노래』)을 말없이 수락하고 실천하는 궁극적인 힘으로 작용하고 있다.

한 번 숨 쉬고 두 번 반성하지 않으면, 친구여
저 신록의 숲속에서 울려오는 통곡
아카시아 핏빛 죽음을 두 번 죽이고 있는 검은 바람을
무릎 꿇리지 못하리라
우리의 더부살이가 성난 파도, 성난 해일의 발길로
검은 하늘 우뚝 솟아 타오르지 못한다면
그토록 그리운 조국의 하늘은
황사 가득한 빗줄기로
누렇게 헤어진 종살림의 옷깃을 찢으리라

— 고광헌, 「한 번 숨 쉬고 두 번 반성하지 않으면」
(『빼앗길 수 없는 노래』) 일부

이들의 우정은 단지 격의 없는 순수한 의기투합으로만 이뤄지지 않는다. 그야말로 한 번 숨 쉬고 두 번 반성하는 엄격한 자기반성과 자기 성찰에 기초한 동맹 차원의 우정에 가깝다. 곧 이들에게 '친구'는 단순히 오래 사귄 비슷한 나이대의 친근한 벗만을 의미하지 않는다. 같은 뜻이나 목적을 이루기 위해 맹세한 결사체의 일원이라는 의미가 함축되어 있다. 그러니까 숲속의 통곡과 검은 바람을 잠재울 수 있는 이들의 힘은, 어떤 난관에도 뜻 맞는 벗들끼리 어울리며 자신들만의 창조적인 정신을 구축하려는 데서 나온다. 약소국의 비애로서 '종살림'을 종식시키기 위한 강고한 투쟁 의식과 저항 의지는, 순식간에 각자를 하나로 묶어 주면서 동시에 이들을 각자의 고유성으로 되돌려 주는 이들만의 끈끈하고 강력한 우정에 그 거점을 두고 있다.

다시 강조하지만, 자신이 살고 있는 시대에 자발적으로 "가장 순수하게 구속되어 있는 자"이자 역사의 힐문interpellation에 기꺼이 응하며 "가장 깊게 살려"(김진경, 「제3문학론」, 『땅들아 하늘아 많은 사람아』)는 이들로 결성된 '5월시' 동인들의 시세계는 이제 1980년 5월 광주 같은 특정 지역의 고통이나 아픔의 경계에 갇히지 않는다. 최근 곽재구나 최두석의 생태시적 사유가 보여 주듯이 이제 이들의 시들은 만인들과의 우정을 넘어 세상 만물과의 우정으로 확산되고 있다. 각자의 차이를 보존하는 우정에 바탕한 '대동大同세계'의 구현에 앞장서고 이들은 광주 5월을 통해 자신의 전 존재를 타인들에게 개방하는 법과 더불어 지상에 존재하는 다른 모든 피조물과 공감하고 연대하는 영역으로 확장하고 있는 중이다.

각기 다른 개성을 꽃피우고 있는 '5월시'는 그런 점에서 여전히 현재진행중이다. 어느 한쪽으로 치우치거나 사사롭지 않게 하는 우정의 결사에 힘입어 미래의 시대를 향해 박차를 가하면서도 기꺼이 뒤로 돌아서 5·18 등 과거 역사가 주는 소중한 인류적 자산을 능숙하게 다뤄야 하는 운명에 처해 있다. 어쩌면 이들은 영원히 '5월시'라는 무거운 명명命名에 단단히 고정되어 있되, 그러나 앞으로도 한참 동안 장차 다가올 사태와 이미 지나간 시간의 흔적들을 동시에 놓치지 않은 채 전속력으로 달려가는 것만이 유일한 선택지일지도 모른다.

이영진

1956년 전남 장성에서 태어났다. 1976년 『한국문학』에 「법성포」 등으로 한국문학 신인상을 수상(1976)하며 등단했다.

1981년 동인 결성에 주도적 역할을 하여 '5월시' 동인시집을 발간했다. 도서출판 청사, 인동출판사 등을 거쳐 1986년 자유실천문인협의회 사무국장을 역임했고, 『전남매일신문』 사장, 광주아시아문화전당 기획단장 등으로 일했다. 이후 아프리카의 남아프리카공화국과 나미비아, 미얀마 등에서 오지탐사를 하면서 사진 촬영에 몰두하고 있다.

시집으로 『6·25와 참외씨』, 『숲은 어린 짐승들을 기른다』, 『아파트 사이로 수평선을 본다』 등이 있다.

윤재철

1953년 충남 논산에서 태어나 초중고 시절을 대전에서 보냈다. 서울대 국어교육과를 졸업하고 1981년 '5월시' 동인으로 작품 활동을 시작했다.

시집으로 『아메리카 들소』, 『그래 우리가 만난다면』, 『생은 아름다울지라도』, 『세상에 새로 온 꽃』, 『능소화』, 『거꾸로 가자』, 『썩은 시』 등과 산문집으로 『오래된 집』, 『우리말 땅이름 1·2』 등이 있다. 신동엽문학상과 오장환문학상을 받았다.

1985년 『민중교육』지 사건으로 구속 해직된 후 1999년 복직되어 다시 교직생활을 하다가 정년퇴임하여 현재는 자가 격리되어 집필활동에 전념하고 있다.

김진경

1953년 충남 당진에서 태어났다. 휴전이 되기 3개월 전에 태어나 전쟁의 흔적 속에서 어린 시절을 보냈다. 첫 시집 『갈문리의 아이들』은 이러한 어린 시절의 풍경과 사람들은 계속 살아가기 위해서 이 참혹하고 낯선 상처들을 어떻게 친숙하게 녹여 낼까 하는 물음이 담겨 있다.

1974년 한국문학신인상으로 등단했다. 자족적인 시 쓰기를 수년간 하던 중 1980년 5월 광주항쟁이라는 피 흘리고 있는 상처를 만나 '5월시' 동인으로 활동하고, 이후엔 교육운동에 참여하게 되었다. 이후 본업이라고 생각하는 글쓰기와 교육운동 관련 활동 사이에서 갈등하며 지냈다. 그동안 교육에세이집 『스스로를 비둘기라고 믿는 까치에게』를 내기도 했고, 동화

『고양이 학교』로 프랑스 아동청소년 문학상 앵꼬륍띠블상을 받았다.

최두석

1956년 전남 담양에서 태어났다. 중·고등학교는 광주에서 다녔고, 서울대 국어교육학과를 거쳐 국어국문학과 대학원을 졸업했다.

1980년 『심상』을 통해 등단했고, 시집으로 『대꽃』, 『임진강』, 『성에꽃』, 『사람들 사이에 꽃이 필 때』, 『꽃에게 길을 묻는다』, 『투구꽃』, 『숨살이꽃』 등을, 평론집으로 『리얼리즘의 시정신』과 『시와 리얼리즘』을 간행했다. 오장환문학상을 수상했다.

강릉대 국문과 교수를 거쳐 현재 한신대 문예창작학과에서 교수로 일하고 있다.

곽재구

1954년 전남 광주에서 태어났다. 전남대 국문과를 졸업하고, 숭실대 대학원에서 한국현대문학을 전공했으며, 현재 순천대 문예창작과 교수로 재직하고 있다. 1981년 『중앙일보』 신춘문예에 시 「사평역에서」가 당선되어 문단에 등단했으며, 이후 '5월시' 동인으로 활동했다.

시집으로 『사평역에서』, 『전장포 아리랑』, 『한국의 연인들』, 『서울 세노야』, 『참 맑은 물살』, 『꽃보다 먼저 마음을 주었네』, 『와온 바다』, 『푸른 용과 강과 착한 물고기들의 노래』 등을 간행했으며, 시선집 『우리가 별과 별 사이를 여행할 때』 등이 있다. 신동엽창작기금(1992), 동서문학상(1996), 대한민국문화예술상(문학, 2018)을 받았다.

박몽구

1956년 전남 광주에서 태어났다. 전남대 영문과를 졸업하고, 한양대 대학원 국문과를 졸업했다. 1977년 월간 『대화』로 등단하여, 5·18 광주민중항쟁을 주제로 한 시집 『십자가의 꿈』을 비롯, 『칼국수 이어폰』, 『황학동 키드의 환생』 등의 시집을 상재했다. 한국크리스찬문학상 대상을 수상했다.

1978년 민주교육지표 사건 관련 1년여의 수배와 투옥 끝에 1980년 당시 시국 관련 학생 조직인 전남대 복학생협의회 회장을 지냈다.

5·18 당시 전남대생 200여 명과 함께 전남대 앞에서 계엄군과 대치 중 시민들과 합세하기 위해 금남로로 진출하여 전투경찰 및 계엄군과 맞서 싸웠다.

이것이 5·18의 발단이 된 것으로 평가받고 있다. 5·18 기간 중 범시민궐기대회를 주도한 혐의 등으로 내란죄로 수배 투옥된 바 있다. 5월구속부상자회 회원이다.
5·18 이후 서울로 상경하여 자유실천문인협의회 청년위원장 등을 지냈다. 월간 『샘터』 편집장을 역임하고, 현재 계간 『시와문화』 주간, 순천향대 객원교수로 있다.

강형철

1955년 전북 군산에서 태어났다. 군산상고를 졸업하고 1973년 기업은행 행원이 되었다. 이후 국제대(현 서경대) 영문과에 다니다가 시에 매혹되어 1976년 은행을 사직하고 숭실대 철학과에 편입학하여 졸업했다. 이후 다시 국문과 대학원을 졸업한 뒤 여러 대학 강사를 거쳐 숭의여대에서 교수로 일하고 있다.
1985년 『민중시』 제2집에 작품을 발표하며 등단했다. 이후 '5월시' 동인들을 만나 본격적인 시 공부를 했고, 1986년 '5월시' 동인에 참여하기로 하여 제6집 『그리움이 끝나면 다시 길 떠날 수 있을까』(1994) 간행 때 동참했다. 민족문학작가회의 사무국장, 상임이사 등을 거쳐 한국문화예술진흥원 사무총장을 역임했고, 한국문화예술위원회로 조직을 개편하는 데 일조하고 학교로 복직하여 정년을 앞두고 있다. 현재 신동엽기념사업회 이사장을 맡고 있다.
시집 『해망동 일기』, 『야트막한 사랑』, 『도선장 불빛 아래 서 있다』, 『환생』을 냈고, 고산문학상, 아름다운작가상을 수상했다.

나종영

1954년 전남 광주에서 태어났다. 교편을 잡은 아버지를 따라 함평, 장성, 강진 등으로 초등학교를 이곳저곳 옮겨 다녔다. 어린 시절 학교를 여러 곳 옮겨 다닌 탓에 여러 고을의 자연과 지리, 풍습을 체험했고, 이것이 후에 문학을 하는 데 좋은 자양분으로 작용했다. 수많은 시인, 소설가를 배출한 광주고등학교 문예반에서 활동했고, 부모님의 권유로 전남대 경제학과를 입학하고 졸업했다.
1981년 창작과비평사 13인 신작시집 『우리들의 그리움은』으로 등단했으며, 시집으로 『끝끝내 너는』, 『나는 상처를 사랑했네』 등이 있다.

1980년대 초 광주민중문화연구회와 도서출판 광주의 창립에 주도적으로 관여했고, 광주·전남작가회의, 순천작가회의의 출범을 이끌었다. 또한 2005년 9월 광주·전남 지역 최초의 종합문예지 『문학들』을 지역 문인들과 함께 창간하고 지금까지 통권 60호를 발행했다. 현재는 한국문화예술위원회 위원, 조태일시인기념사업회 부이사장으로 있다.

나해철

1956년 전남 나주에서 태어났다. 유아 때부터 10세까지 영산강의 둑 바로 밑에서 살았다. 상여가 나가고, 굿판이 열리고, 마당에서 혼례를 올리고, 큰집에 사람들이 모여 제사를 지내는 동안, 바라보는 흥겨움과 신비와 슬픔이 있었다.

1972년 광주일고에 입학하여, 후에 '5월시' 동인이 되는 곽재구, 박몽구, 최두석을 동기동창으로 만나고, 나종영과 박주관에 이끌려 문학 서클 '용광'에 가입했다. 대학에서는 곽재구가 곁에서 시를 잃지 않게 해 주었다. 1976년 대구 영남대에서 주최하는 천마문학상 시 부문에 당선되었다. 1982년 『동아일보』 신춘문예에 당선되고, '5월시' 동인에 합류했다.

시집으로 『무등에 올라』, 『그대를 부르는 순간만 꽃이 되는』, 『긴 사랑』, 『꽃길 삼만리』 등을 펴냈다. 2016년 세월호 참사 때 304편의 하루 한 편의 시를 써 페이스북에 발표했고, 『영원한 죄 영원한 슬픔』이라는 제목의 시집으로 엮어 냈다. 한국작가회의, 민족문학연구회 소속이다.

고광헌

1955년 전북 정읍에서 태어났다. 1969년 교육부가 주관한 스포츠 장학생으로 선발돼 서울 홍익사대부고 입학과 함께 농구선수 생활을 시작했다. 경희대에 특별장학생으로 입학한 뒤 결핵을 앓아 3학년 때 선수를 그만뒀다. 장학금이 끊기고 진로가 막힌 상황에서 당시 국문과에 재직 중이던 황순원 교수를 찾아가 간신히 문장론을 수강하게 되면서 문학과 만나게 됐다.

1984년 시 무크지 『시인詩人』과 『광주일보』 신춘문예에 「흔들리는 창밖의 연가」 등이 뽑혀 문단에 나왔다. 이듬해인 1985년 '5월시' 동인시집 『5월』에 「신중산층교실에서」 등을 발표하면서 동인에 합류했다. 같은 해에 김진경, 윤재철 동인과 함께 교육평론집 『민중교육』 편집에 참여해 선일여고에서 파면된 뒤 학교로 돌아가지 못했다. 선일여고 시절은 가장 창조적이고 상상력 넘치는 순간들이 함께한 시간이었다.

1988년 『한겨레』의 창간기자로 입사해 여러 보직을 거쳐 2011년 대표이사를 끝으로 퇴직했다. 한국인권재단 이사장과 한림대 초빙교수 등을 거쳐 지금은 『서울신문』 사장으로 근무하고 있다.

시집으로 『신중산층교실에서』, 『시간은 무겁다』가 있으며, 평론집 『스포츠와 정치』 등을 펴냈다.